なのだのノダちゃん

ワンドラゴラといっしょ

如月かずさ・作　はたこうしろう・絵

もくじ

おもなとうじょうじんぶつ

ノダちゃん

ほんとのなまえは、
ロムニア・クルトゥシュカラーチ・
パパナッシュ17せいなのだ。

サキちゃん

わがはいのだいじなおともだち。
3ねんせいなのだ。

ししょこちゃん

いちにんまえの　ししょに
なるために
べんきょうしているのだ。

ししょの　おねえさん

としょかんで　はたらいている
ししょこちゃんの　せんぱいなのだ。

はなやの おねえさん

おはなの
においが
するのだ。

サキちゃんの おとうさんと おかあさん

やおやさんを　しているのだ。

なぞのまんまる植物《しょくぶつ》

おつかいの帰《かえ》り道《みち》、わたしはちっちゃな犬をつれた女の人とすれちがいました。

その犬のほうをふりかえりながら、うちでも犬が飼《か》えたらいいのになあ、とわたしは思《おも》いました。なんどかお母《かあ》さんにおねがいしたことがあったけど、もうすこし大きくなってからね、といわれて、ゆるしてもらえなかったのです。

いつかゆるしてもらえたら、どんな犬を飼《か》おうかな。大きな犬もいいけど、いま会《あ》ったような小さい犬もかわいいよね。チワワとかマルチーズとかヨークシャーテリアとか。

そんな想像《そうぞう》をしているうちに、わたしの家《いえ》が見えてきました。わたしの家《いえ》は八百屋《やおや》さんです。

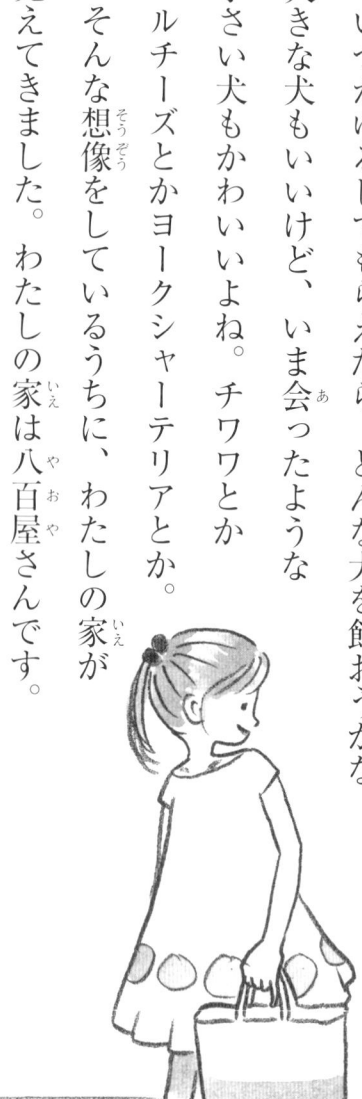

お店《みせ》にいたお母《かあ》さんに、「ただいま」と声《こえ》をかけて、たのまれた買《か》いものをわたしていると、配達《はいたつ》にいっていたお父《とう》さんの車が帰《かえ》ってきました。

お父《とう》さんは車をとめると、大きなダンボール箱《ばこ》をおもたそうにかかえて、こちらにやってきました。

「お父《とう》さん、お帰《かえ》りなさい」

「おう、ただいま。配達《はいたつ》のとちゅうで、しんせんな野菜《やさい》をしいれてきたぞ」

やけににやにやした顔《かお》でそういって、お父《とう》さんはわたしのまえに箱《はこ》をさしだします。野菜《やさい》はいつも、朝早《あさはや》くに市場《いちば》でしいれてきているはずだけど、配達《はいたつ》のついでにしいれることもあるのかな。

お母《かあ》さんもふしぎに思《おも》ったのか首《くび》をかしげています。なにがはいっているのか気になって、わたしは箱《はこ》のなかみをのぞいてみようとしました。

そのとたん、いきおいよく箱《はこ》のふたがひらいて、まっくろなかげがとびだしてきました。

「ばあ〜っ、なのだ！」

「きゃあああああああああ！」

わたしはしりもちをついてしまいました。箱《はこ》のなかにかくれていたのは、まっくろぼうしにまっくろマント、まっくろな服《ふく》をきた、黒《くろ》ずくめの女の子。なかよしのノダちゃんです。

「サキちゃん、びっくりしたのだ？　びっくりしたのだ？」

にこにこしているその顔《かお》は、わたしよりすこし年下の、ふつうの女の子に見えるけど、じつはノダちゃんは人間《にんげん》ではありません。十字架《じゅうじか》やおひさまの光《ひかり》がにがてで、コウモリたちがしもべで、ごせんぞさまは人間《にんげん》の血《ち》がこうぶつだったそうなので、たぶん吸血鬼《きゅうけつき》です。けれどノダちゃ

んは、血《ち》じゃなくてトマトがすきな吸血鬼《きゅうけつき》なので、べつにこわくはありません。

わたしはほおをふくらませてもんくをいいました。

「ほんとにびっくりしたんだから。どうしてこんな箱《はこ》のなかにかくれてたの？」

「ここにくるとちゅうで、たまたまサキちゃんのお父《とう》さんに会《あ》って、いっしょにサキちゃんをびっくりさせることになったのだ」

「そういうわけだ。びっくり作戦《さくせん》、ばっちり大せいこうだったな！」

「大せいこうだったのだ！」

ノダちゃんとお父《とう》さんは手をたたきあってよろこんでいます。

そんなふたりを、まったくもう、とにらんだあとで、わたしはふと気がつきました。ノダちゃんがかくれていたダンボール箱《ばこ》のすみに、小さめ

のたまねぎのようなものがころがっていたのです。
「花の球根《きゅうこん》かな。ノダちゃんがもってきたの？」
「わがはいはしらないのだ」
ノダちゃんが首《くび》を横《よこ》にふると、
お父《とう》さんが箱《はこ》をたしかめていいました。
「この箱《はこ》はもともとたまねぎが
はいっていたやつだから、たまねぎと
まちがえてまざってたのかもな」
わたしは箱《はこ》からひろった球根《きゅうこん》に
顔《かお》を近《ちか》づけました。形《かたち》はたまねぎに
にてるけど、色《いろ》は緑《みどり》っぽくて
動物《どうぶつ》の毛皮《けがわ》のように

ふさふさしたふしぎな手ざわりです。
お母《かあ》さんもその球根《きゅうこん》をながめていいました。
「あまり見たことのない球根《きゅうこん》ね。
どんな花がさくのか、
ためしにそだててみたら。
庭《にわ》にある空《から》の植木《うえき》ばちと花用《はなよう》の土は
すきにつかっていいから」
「うん、そうしてみる。
ノダちゃん、いっしょに植《う》えよう」
わたしが庭《にわ》にむかうと、ノダちゃんも
「植《う》えるのだ植《う》えるのだ！」
と元気《げんき》にあとをついてきました。

植木《うえき》ばちをえらんでいるわたしに、ノダちゃんがわくわくした声《こえ》で話《はな》しかけてきました。

「どのくらいで花がさくのだ？　一週間《しゅうかん》なのだ？　それとも二週間《しゅうかん》くらいなのだ？」

「そんなにすぐはさかないよ。二ケ月《かげつ》とか三ケ月《かげつ》とか、もしかすると半年《はんとし》以上《いじょう》かかるかも」

「ななな っ！　そんなにまたなくてはいけないのだ⁉」

せっかちだなあ、ノダちゃんは。わたしがくすっとしていると、ノダちゃんがとつぜん「いいことを思《おも》いついたのだ！」と声《こえ》をあげました。

「サキちゃん、わがはいちょっとおうちに帰《かえ》ってくるのだ」

「えっ、いっしょに球根《きゅうこん》を植《う》えないの？」

「それはサキちゃんにおまかせするのだ」

ノダちゃんはそうこたえると、にがてなおひさまの光《ひかり》をさけるためにさしているコウモリガサを見あげていいました。

「コウモリたち、大いそぎでうちに帰《かえ》るのだ！」

その声《こえ》を合図《あいず》に、コウモリガサの黒《くろ》い布《ぬの》が、おおぜいのコウモリたちにかわります。ノダちゃんのおきにいりのこのカサは、本物《ほんもの》のコウモリたちがへんしんしている、ふしぎなコウモリガサなのです。

コウモリたちがはばたきだすと、

ノダちゃんの体《からだ》がふわりと空中にうかびました。

「すぐにもどってくるのだ〜！」

いったいなにを思《おも》いついたのでしょう。なんとなくいやな予感《よかん》がするなあ、と思《おも》いながら、わたしは空のむこうにとんでいくノダちゃんのすがたを見おくりました。

球根《きゅうこん》を植《う》えてからすこしたったころに、ノダちゃんが帰《かえ》ってきました。
「いいものをもってきたのだ！」
ノダちゃんがそういってわたしに見せたのは、
ごうかなトマトジュースのビンでした。
「これって、まえに旅行《りょこう》のおみやげでもってきてくれた、
超《ちょう》こうきゅうトマトジュースじゃない？」
「そのとおりなのだ。このえいようまんてんの
超《ちょう》こうきゅうトマトジュースをかけてあげれば、さっきの
球根《きゅうこん》もすぐにそだって花がさくにちがいないのだ！」
自信《じしん》たっぷりにいうと、ノダちゃんは
「さっそくかけてみるのだ」とビンのふたをあけます。
「だめだよノダちゃん！　自由研究《じゆうけんきゅう》でそだてていたミニトマトに

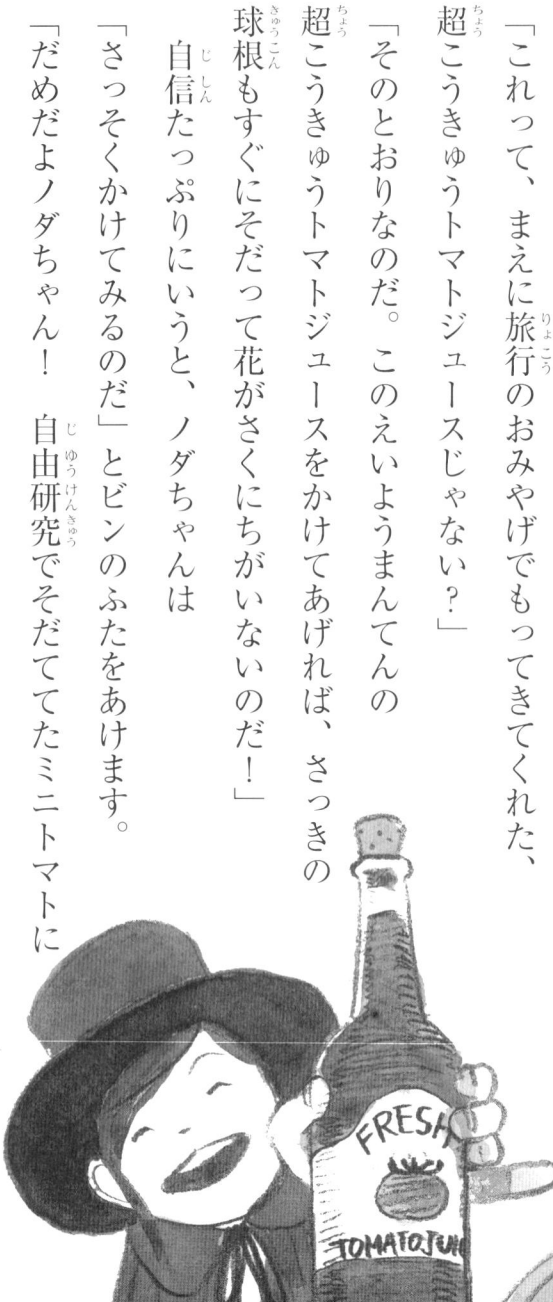

それをかけたときも、たいへんなことになっちゃったでしょ！」
「あのときはたくさんかけすぎたのがよくなかったのだ。
ほんのちょこっとだけならきっとだいじょうぶなのだ」
ほんのちょこっとだけでもあぶないんじゃないかなあ、と
わたしは思《おも》いました。だけど、わざわざ家《いえ》からもってきて
くれたのに、その苦労《くろう》をむだにするのもわるい気がします。
「ほんとうにちょっとだけだよ」
わたしがねんをおすと、ノダちゃんは「わかったのだ！」と
よろこんで、超《ちょう》こうきゅうトマトジュースをスプーンひとさじ
ぶんくらい、しんちょうに植木《うえき》ばちの土にかけました。
それからほんの何秒《なんびょう》もしないうちに、いくつものほそいくきが、土の
なかからにょきにょきはえてきました。くきはぐるんぐるんと大きなう

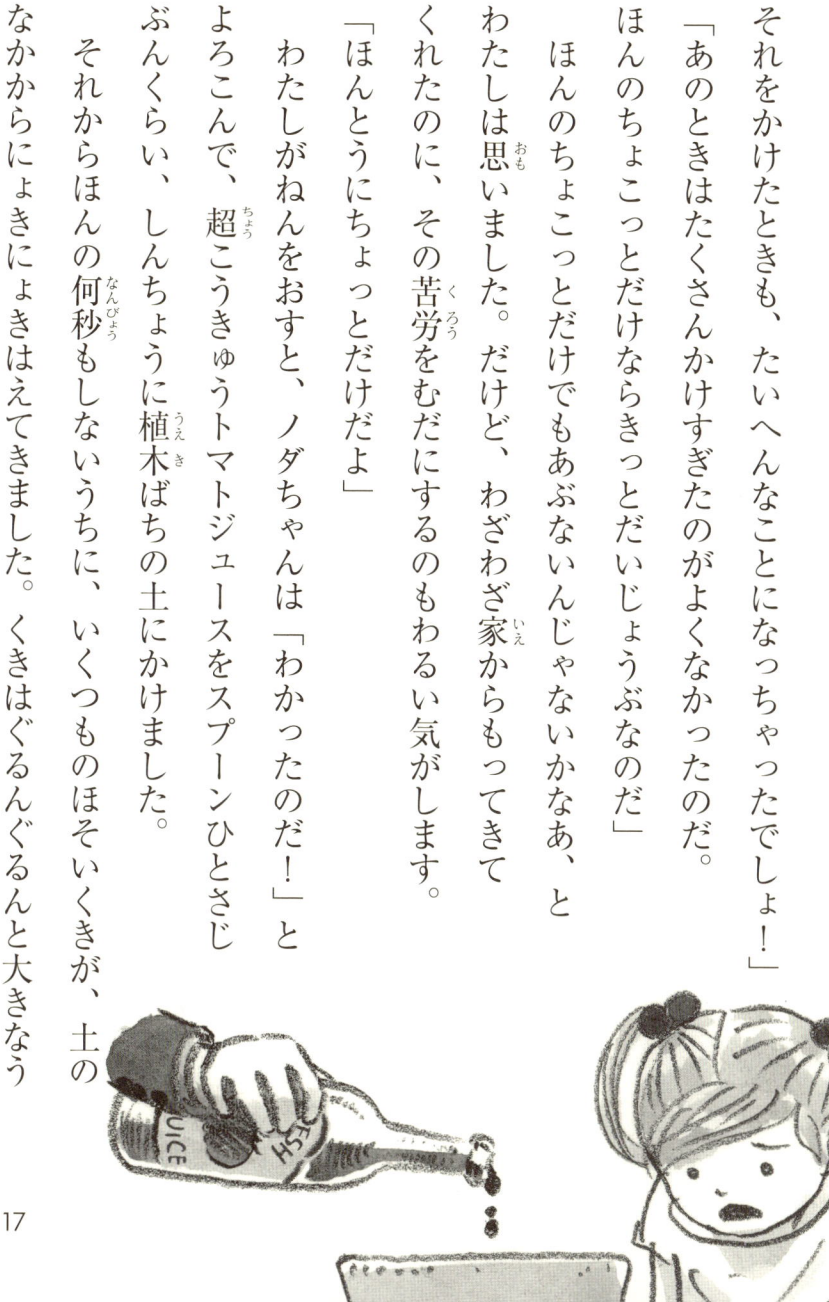

ずをえがくようにのびながら、ほかのくきとからまりあっていきます。
まるであみものができあがるのを早おくりで見ているようです。
からまりあったくきはおわんのような形《かたち》になり、さらに
どんどんのびて、最後《さいご》にはまんまるのまりのようになりました。
ソフトボールくらいのサイズの、緑色《みどりいろ》のまりです。
わたしもノダちゃんも、しばらくぽかんと見つめていましたが、
なぞの植物《しょくぶつ》の成長《せいちょう》は、そこでとまったようでした。
「花がさかないのだ。もっとトマトジュースをかけてみるのだ?」
「やめておいたほうがいいんじゃないかな。こんどはそだちすぎて
かれちゃうかも」
わたしは緑《みどり》のまりを指《ゆび》でさわってみました。くきがからみあった
まりは思《おも》ったよりかたく、まりというよりたまごのからのようです。

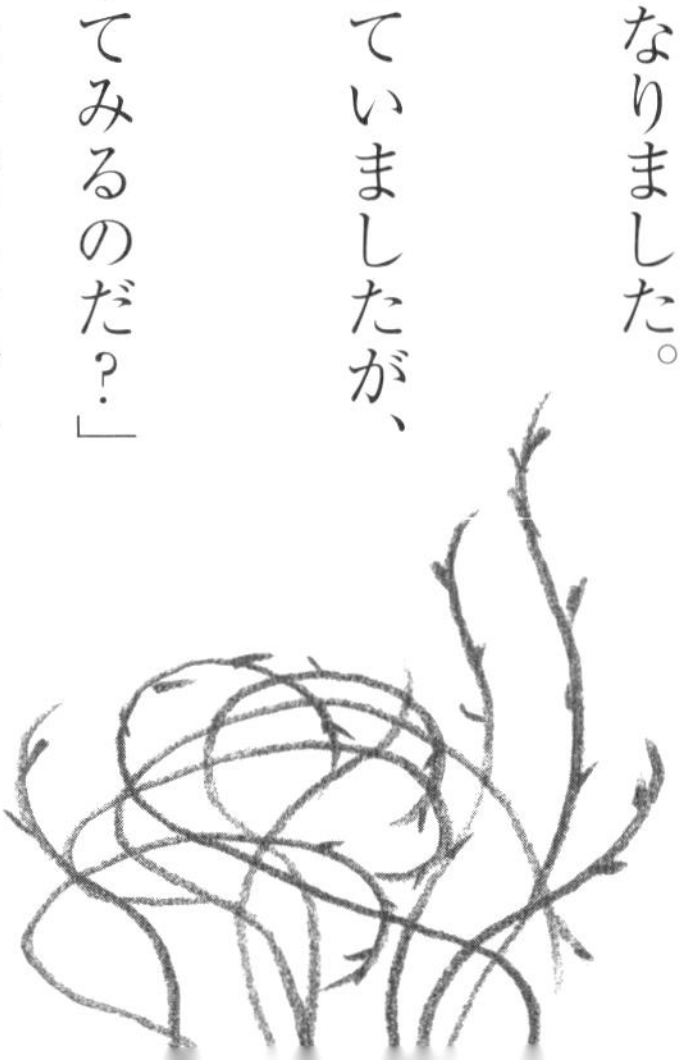

「こんな植物《しょくぶつ》、見たことない。なんて名前《なまえ》の植物《しょくぶつ》なんだろう……。」

「花屋《はなや》さんならわかるんじゃないのだ？」

わたしはなかよしの花屋《はなや》のお姉《ねえ》さんの顔《かお》を思《おも》いうかべました。

たしかに、花屋《はなや》のお姉《ねえ》さんならこの植物《しょくぶつ》のこともしっていそうです。

「じゃあ、ためしに花屋《はなや》さんにもっていってみようか。そだてかたも教《おし》えてもらえるかもしれないし」

植木《うえき》ばちをかかえると、わたしはノダちゃんといっしょに商店街《しょうてんがい》の花屋《はなや》さんにでかけました。


なぞの植物《しょくぶつ》の正体《しょうたい》は、花屋《はなや》のお姉《ねえ》さんにもわかりませんでした。

「これはちがう。これもちがう。これはちょっとにてるけど、球根《きゅうこん》からそだつ植物《しょくぶつ》じゃないし……」

お姉《ねえ》さんはしんけんな顔《かお》つきで植物図鑑《しょくぶつずかん》のページをめくっていましたが、そのうちにぱたりと図鑑《ずかん》をとじていいました。

「この図鑑《ずかん》にはのっていないみたい。ごめんなさい、せっかくきてくれたのに」

花屋《はなや》さんでも見たことがないなんて、よほどめずらしい植物《しょくぶつ》のようです。わたしがそう思《おも》って植木《うえき》ばちを見おろしていると、ノダちゃんがお姉《ねえ》さんにたずねました。

「ほかの図鑑《ずかん》なら、この植物《しょくぶつ》のこともっているかもしれないのだ?」

「そうね。図書館《としょかん》にはもっと大きな

植物図鑑《しょくぶつずかん》もあると思《おも》うんだけど……」
「だったら図書館《としょかん》にいってみるのだ。
しらべてくれてありがとうございましたのだ」
ノダちゃんといっしょに、わたしも
「ありがとうございました」とお礼《れい》をいいます。
「どういたしまして。そうだ、図書館《としょかん》にいくなら、
植木《うえき》ばちはこのふくろにいれたほうがいいわ。
土がこぼれて図書館《としょかん》の本がよごれたりするといけないから」
お姉《ねえ》さんはそういって、紙《かみ》ぶくろに植木《うえき》ばちをいれてくれます。
「なんていう植物《しょくぶつ》かわかったら、わたしにも教《おし》えてね」
わかりました、とうなずくと、わたしたちは
つづけて図書館《としょかん》にむかいました。

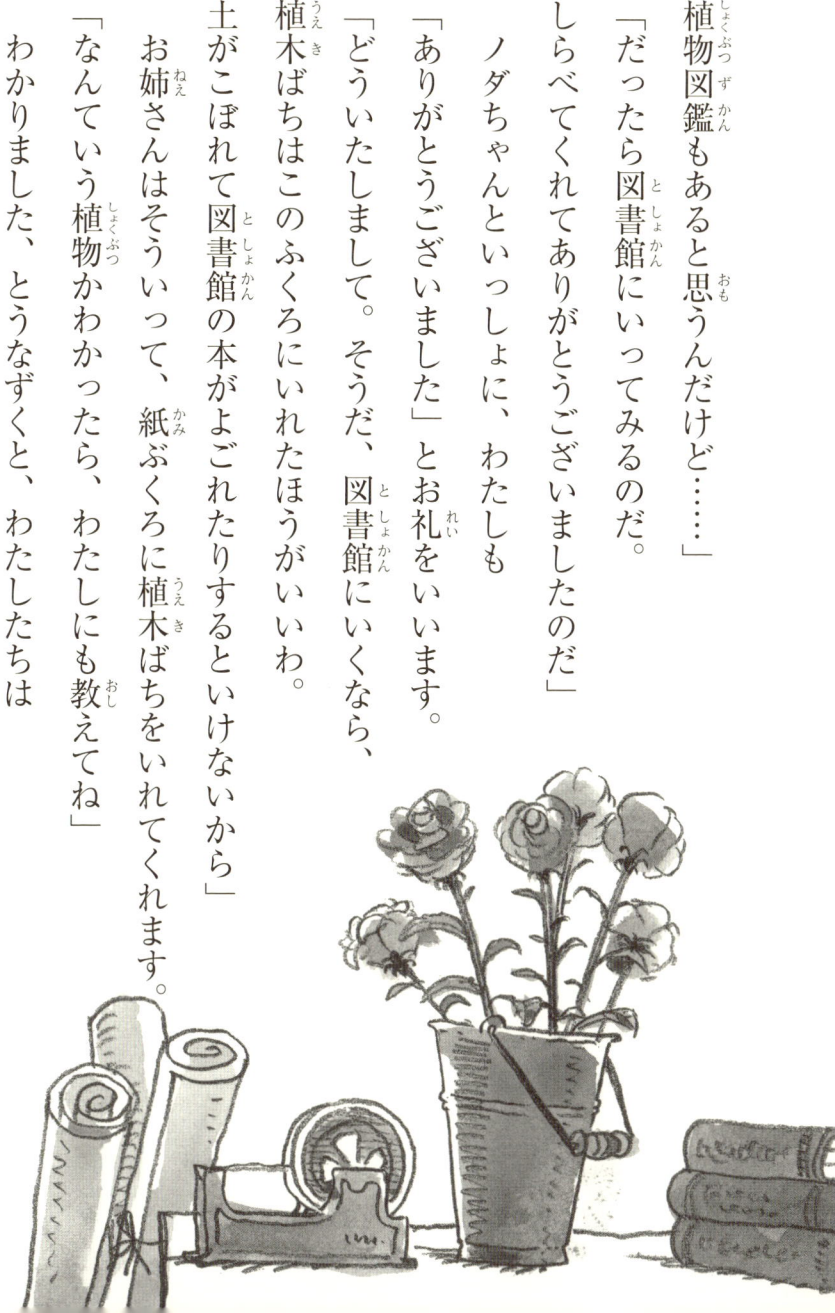

図書館《としょかん》にはいるとすぐに、ノダちゃんが両手《りょうて》で口をふさぎました。

「ノダちゃん、しずかにしてれば口はふさがなくていいんだよ」

「わかっているのだ。だけどついくせでふさいでしまうのだ」

ノダちゃんがてれくさそうに小声《こごえ》でこたえます。

わたしは館内《かんない》のあんない図《ず》で、植物《しょくぶつ》の本がある場所《ばしょ》をたしかめました。植物《しょくぶつ》の本のたなは、子どもの本と大人《おとな》の本のどちらのコーナーにもあるけど、大きな図鑑《ずかん》があるのはきっと大人《おとな》のほうでしょう。

ところが、そのたなをすみからすみまでさがしても、大きな植物図鑑《しょくぶつずかん》は見あたりませんでした。小さめのならあったけど、これなら花屋《はなや》のお姉《ねえ》さんがもっていた図鑑《ずかん》のほうがくわしそうです。

「大きい図鑑《ずかん》はみんなかりられちゃってるのかな……」

けんさく用《よう》の機械《きかい》でたしかめてこようかと

思《おも》っていると、はきはきした声《こえ》がきこえました。

「おや、サキちゃんとノダちゃんじゃありませんか！なにかおさがしものですか？」

こちらにやってきたのは、司書《ししょ》さんのエプロンをつけた、みつあみにメガネの女の子。司書《ししょ》みならいの司書子《ししょこ》ちゃんです。

ノダちゃんが、「あっ、司書子《ししょこ》ちゃん、こんにちはなのだ！」と元気《げんき》に手をふってから、あわててその手で口をふさぎます。

ノダちゃんとおなじで、たぶん司書子《ししょこ》ちゃんもふつうの人間《にんげん》じゃないけど、正体《しょうたい》はよくわかりません。図書館《としょかん》にすむようせいか、ざしきわらしのなかまなんじゃないかな、とわたしは思《おも》っています。

ノダちゃんが植木《うえき》ばちのはいったふくろを指《ゆび》さしていいました。

「わがはいたちは、この植物《しょくぶつ》のことをしらべにきたのだ」

「おお、これはなんともかわった植物《しょくぶつ》ですね。しかし植木《うえき》ばちはちょっと、その……」

司書子《ししょこ》ちゃんがこまった顔《かお》になりました。

「もしかして、植木《うえき》ばちをもって図書館《としょかん》にはいるのはだめだった？」

「そうなんです。本をよごすおそれのあるものは、もちこんではいけないことになっていまして」

「ふくろにはいっていてもだめなのだ？」

「う〜ん、そこはなんともはんだんがむずかしいのですが……」

司書子《ししょこ》ちゃんが頭《あたま》をかかえてしまうので、わたしはもうしわけなくなっていいました。

「ごめんね。じゃあわたしたち、植木《うえき》ばちを家《いえ》においてまたくるね」

「いえ、それでは司書《ししょ》みならいのこのわたしが、せきにんをもって

その植木《うえき》ばちをあずかることにいたしましょう。
そうすれば問題《もんだい》はないはずです。たぶん」
司書子《ししょこ》ちゃんはおっちょこちょいなところがあるから、うっかり
ころんだひょうしに、植木《うえき》ばちをほうりなげちゃったりしないかな。
ちょっぴり心配《しんぱい》な気もしたけど、わたしは司書子《ししょこ》ちゃんに
お礼《れい》をいって、植木《うえき》ばちをあずかってもらうことにしました。
「それでね、この植物《しょくぶつ》のことがのってる図鑑《ずかん》を
さがしてたんだけど、ぜんぜん見つからなくて……」
「なるほど、そういうことだったのですね。大きな図鑑《ずかん》は
ここではなく、二階《かい》の資料室《しりょうしつ》にあるんです。いっしょに
いって、わたしもしらべるのをおてつだいしましょう」
「えっ、司書子《ししょこ》ちゃんもてつだってくれるの？」

「もちろんです！　利用者《りようしゃ》さんのしらべものをおてつだいするのも、司書《ししょ》のやくめですので！」

むねをはってそういうと、司書子《ししょこ》ちゃんはわたしたちをあんないしてあるきだしました。


はじめてはいった二階《かい》の資料室《しりょうしつ》には、大きな図鑑《ずかん》や辞典《じてん》がたくさんそろっていました。資料室《しりょうしつ》の本はかりることはできなくて、この部屋《へや》のなかで読《よ》むきまりになっているのだそうです。

わたしたちは植物図鑑《しょくぶつずかん》を何《なん》さつもテーブルにひろげて、なぞの植物《しょくぶつ》の正体《しょうたい》をしらべはじめました。けれどいくらページをめくっても、にている写真《しゃしん》や絵《え》は見つかりません。

もしかするとこの植物《しょくぶつ》は、超《ちょう》こうきゅうトマトジュースのこうかで、

ふつうとはぜんぜんちがったそだちかたをしているのではないでしょうか。まえに超《ちょう》こうきゅうトマトジュースをかけたミニトマトは、いちおうトマトだってわかる見ためをしていたんだけど……。

わたしがそんなふうにうたがっていると、司書子《ししょこ》ちゃんがいいました。

「これだけしらべてもわからないとなると、この植物《しょくぶつ》はふつうの植物《しょくぶつ》ではないのかもしれませんね」

「ふつうの植物《しょくぶつ》じゃないなら、ふつうではない植物《しょくぶつ》なのだ？」

「そうです。ふつうではない植物《しょくぶつ》、つまりまほうの植物《しょくぶつ》です！」

「まほうの植物《しょくぶつ》！」

わたしとノダちゃんの声《こえ》がかさなりました。

まほうの植物《しょくぶつ》だなんて考《かんが》えもしなかったけど、もしそうならふつうの植物図鑑《しょくぶつずかん》にのっていなくてもふしぎはありません。

「まほうの植物《しょくぶつ》がのっている図鑑《ずかん》はないのだ?」

「たしかあったと思《おも》いますよ。ここではなくまほうの本のコーナーにですが」

そういえば、この図書館《としょかん》にはまほうの本のコーナーもあるのです。どこにあるのかまではしらないけど、まえにそういたことがあります。

「まほうの本のコーナーって、とくべつなしかくがないとはいれないいんだよね」

「そのとおりです。まほうの本のなかには、とりあつかいがむずかしいものもありますからね。ですがわたしはいることができますから、わたしがいってしらべてまいりましょう」

ここはこのわたしにおまかせください、と司書子《ししょこ》ちゃんはむねをたたいてみせます。

「司書子《ししょこ》ちゃんのエプロンをつかって、その図鑑《ずかん》をここにもってくることはできないの？」

わたしはそうきいてみました。司書子《ししょこ》ちゃんのエプロンのポケットは、図書館内《としょかんない》の本を自由《じゆう》にもってくることができるのです。けれど司書子《ししょこ》ちゃんは、「まほうの本はとくべつなので、とりよせることはできないんですよ」とエプロンをつまんでこたえます。

「司書子《ししょこ》ちゃん、わがはい、まほうの本のコーナーを見てみたいのだ。ほんのちょこっと、はいらないで見るだけでもいいのだ」

ノダちゃんがそんなことをいいだすので、わたしは「司書子《ししょこ》ちゃんをこまらせちゃだめだよ」と注意《ちゅうい》をします。けれどわたしもほんとうは、ノダちゃんとおなじことを考《かんが》えていました。

「う～ん、そうですねえ。それではとくべつに、まほうの本のコーナー

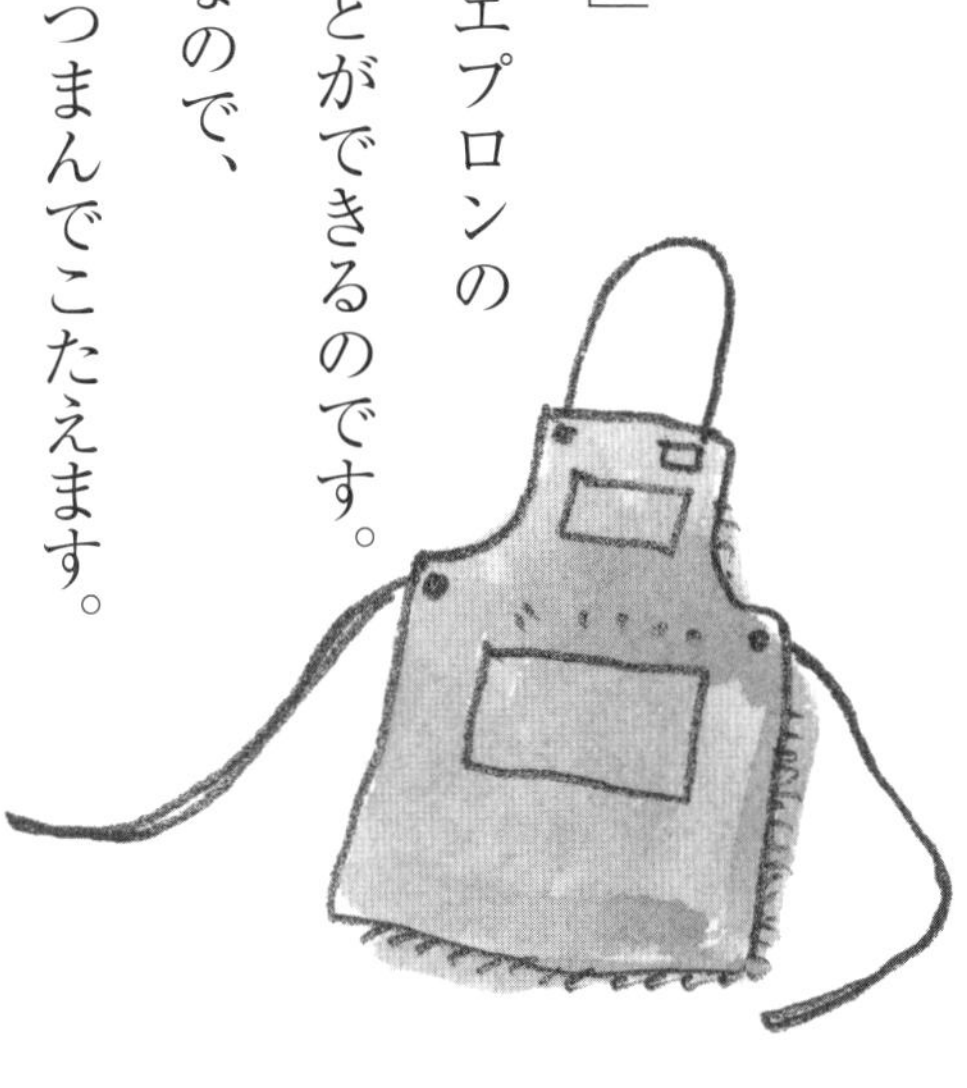

のまえまでごあんないいたしましょう。コーナーにいれることはできませんけど、わたしがはいるときに、ちらっとなかをのぞくだけならかまわないですよ」

「ほんとなのだ!?　司書子《ししょこ》ちゃん、ありがとうなのだ！」

大よろこびをしてから、ノダちゃんはまたあたふたと口をふさぎます。わたしもうれしいけど、わたしたちをあんないしたせいで、司書子《ししょこ》ちゃんがあとでしかられたりしないかな……。

そんな心配《しんぱい》をしながら、わたしは読《よ》んでいた図鑑《ずかん》をかたづけはじめました。

司書子《ししょこ》ちゃんのあとについて、
わたしとノダちゃんはエレベーターにのりました。

司書子《ししょこ》ちゃんがゆかの近《ちか》くのかべを、ポチッ、と指《ゆび》でおします。するとそこに「Ｍ《エム》」と書《か》かれたまるい光《ひかり》がともりました。

それからすぐに、エレベーターが下にむかってうごきだします。

「まほうの本のコーナーがある階《かい》にいくための、ひみつのボタンです」

びっくりしているわたしたちに、司書子《ししょこ》ちゃんがせつめいをしてくれます。

エレベーターはどんどん地下《ちか》におりていきます。もう二十階《かい》ぶんはおりたのではないでしょうか。いつまでもとまらないので、わたしはだんだんこわくなってきました。ノダちゃんもびくびくしたようすで、わたしの服《ふく》のすそをにぎっています。

そのうちにやっとエレベーターがとまってとびらがひらくと、正面《しょうめん》にまたべつのとびらが見えました。外国《がいこく》のお城《しろ》についているような、大き

くてりっぱなとびらです。
司書子《ししょこ》ちゃんはそのとびらのまえに立つと、
「え～っと、きょうのメニューはなんでしたっけ？」と
つぶやいて、ポケットからだしたメモをたしかめました。
そのあとでこちらをふりかえって、わたしたちに注意《ちゅうい》をします。
「これからとびらをあけるためのじゅもんをとなえますが、
じゅもんはひみつなので、しっかり耳をふさいでいてくださいね」
わたしたちがいわれたとおりに両手《りょうて》で耳をふさぐと、司書子《ししょこ》ちゃんは
とびらのほうをむいて、ひみつのじゅもんをとなえました。
「ひらけっ、ごまどうふのヘルシーサラダ！」
わたしとノダちゃんは顔《かお》を見あわせました。司書子《ししょこ》ちゃんの声《こえ》が大き
すぎるせいで、耳をふさいでいてもしっかりじゅもんがきこえてしまい

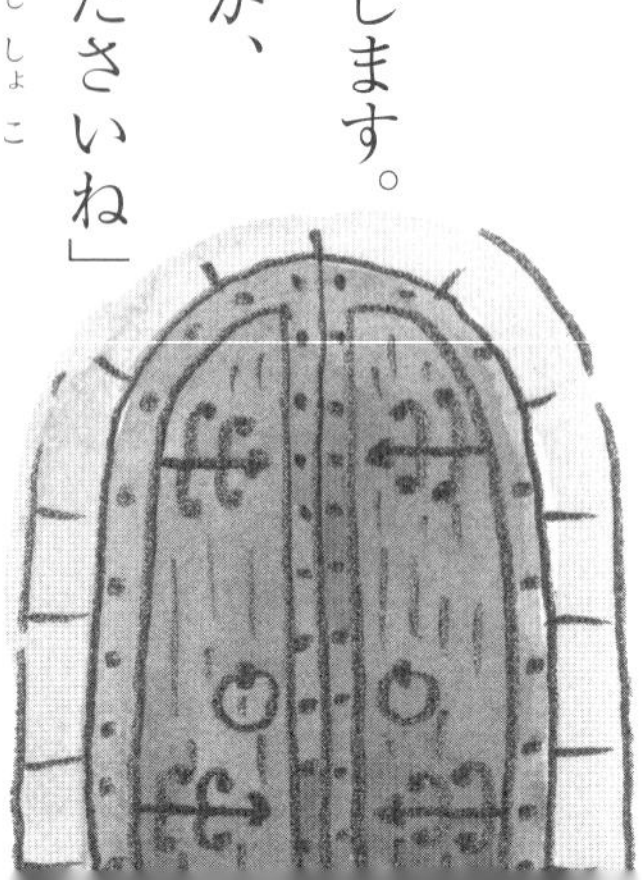

ました。じゅもんをとなえるまえにメモをたしかめていたけど、もしかするとその日によって、「ごまどうふのヘルシーサラダ」がべつの料理《りょうり》にかわったりするのでしょうか。たぶん、「ごま」ではじまるべつの料理《りょうり》に。

おもたそうな音をたてて、とびらがひとりでにあきました。わたしとノダちゃんは司書子《ししょこ》ちゃんのうしろから、とびらのなかをのぞきみます。うすぐらい部屋《へや》のなかに、巨大《きょだい》な本だながずらりとならんでいました。部屋《へや》はむこうのかべが見えないほどひろく、本だなの高《たか》さはわたしの身長《しんちょう》の何倍《なんばい》もあります。学校の体育館《たいいくかん》どころじゃない、とてつもなく大きな部屋《へや》でした。

「まほうの本のコーナーは、世界中《せかいじゅう》の図書館《としょかん》とつながっているんですよ。このせんようのとびらがある図書館《としょかん》なら、どこからでもこの場所《ばしょ》にくることができるんです」

それではここでまっていてくださいね、といいのこして、司書子《ししょこ》ちゃんが部屋《へや》にはいると、とびらがまたひとりでにしまりました。

それからしばらくまっていましたが、司書子《ししょこ》ちゃんはなかなかもどってきませんでした。

「とびらをあけてようすを見にいってみるのだ？じゅもんならおぼえてるのだ」

まちくたびれているノダちゃんに、「だめだよ」とわたしがいいかけた、そのときでした。

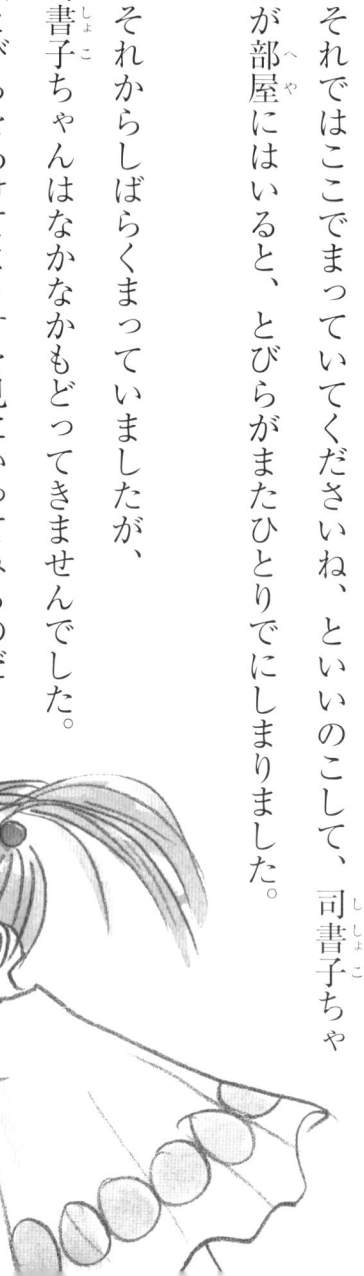

「うひゃあああああああああっ！」

とびらのむこうで司書子《ししょこ》ちゃんのさけび声《ごえ》がきこえて、わたしはぎょっとしてしまいました。

「司書子《ししょこ》ちゃん、なにかあったの⁉」

「だいじょうぶなら返事《へんじ》をするのだ！」

とびらに耳をくっつけて返事《へんじ》をまちましたが、司書子《ししょこ》ちゃんの声《こえ》はきこえません。ノダちゃんが
「たすけにいくのだ！」といって、ひみつのじゅもんをとなえます。

「ひらけっ、ごまとトマトのおいしいサラダ、なのだ！」

「じゅもんがちがうよ！　ひらけっ、ごまどうふのヘルシーサラダ！」

わたしのじゅもんでとびらがひらいたかと思《おも》うと、部屋《へや》のなかから大《たい》量《りょう》の花が、こうずいのようないきおいであふれだしてきました。エレベー

ターのまえのゆかは、あっというまに色《いろ》とりどりの花でうめつくされてしまいます。

「なななっ、これはいったいどうしたことなのだ！」

もしかすると、とわたしは思《おも》いました。この花は、まほうの本からあふれだしてきたのではないでしょうか。まほうの本には、ひらくとおかしなことがおこるものも多《おお》いのです。

わたしたちがおろおろしているあいだにも、花は部屋《へや》からあふれつづけて、みるみる足もとにたまっていきます。最初《さいしょ》は足首《あしくび》くらいの高《たか》さだったのに、いまではこしにとどきそうです。このままのんびりしていたら、頭《あたま》のてっぺんまで花にうもれてしまいます。

ノダちゃんがコウモリガサをひらきました。

「コウモリたち、おねがいなのだ！

サキちゃんもカサにつかまるのだ！」

わたしはあわててカサのもち手をつかみました。コウモリたちがバサバサとはばたきだして、わたしとノダちゃんの体《からだ》は花のなかからぬけだします。

コウモリガサにぶらさがって、わたしたちはまほうの本のコーナーにはいりました。巨大《きょだい》な本だなのあいだをとんでいるあいだにも、足もとの花はものすごいいきおいでふえて、本だなをどんどんかくしていきます。

「司書子《ししょこ》ちゃ〜ん、どこにいるのだ〜っ！」

「ノダちゃん、あそこを見て！」

わたしは花の海《うみ》からとびだしていた小さな手を指《ゆび》さしました。コウモリたちもすぐに気づいて、その手のほうに急行《きゅうこう》します。

花にしずみそうな手をつかんで、力いっぱいひっぱると、司書子《ししょこ》ちゃんが花のなかから顔《かお》をだしました。

「ぷはあっ。あ、ありがとうございます。あやうくおぼれるところでした……」

カサをつかんだ司書子《ししょこ》ちゃんの手には、植木《うえき》ばちのふくろがぶらさがっていました。おぼれそうになっても、しっかりはなさないでいてくれたようです。

「この花って、まほうの本からあふれだしてるの？」

「そうなんです。うっかりまちがった本をひらいてしまいまして……」

ノダちゃんが「とにかくここからでるのだ」といって、とびらのほうをふりむきます。わたしもそっちをむきましたが、とびらはどこにも見あたりません。完全《かんぜん》に花にうもれてしまったのです。

「これじゃあエレベーターにものれないよ。司書子《ししょこ》ちゃん、ほかに出口はないの？」

わたしはそうたずねましたが、司書子《ししょこ》ちゃんは首《くび》を横《よこ》にふります。どうしよう、このままじゃそのうち部屋《へや》のなかは花でうめつくされて、息《いき》もできなくなっちゃう。

わたしがあせっていると、コウモリのくるしそうな声《こえ》がきこえてきました。はっとして見あげると、コウモリたちはいつもよりひっしにつばさをはばたかせています。

そういえば、コウモリガサに三人でぶらさがるのははじめてです。三人だとおもすぎて、とぶのがたいへんなのかもしれません。

「コウモリたち、がんばるのだ！　せめてわがはいたちを本だなの上まではこぶのだ！」

ノダちゃんがあわてていいましたが、コウモリたちはもうげんかいだったようで、カサのほねからぱっ、と足をはなしてしまいました。

あっ、と声《こえ》をあげるひまもなく、わたしの体《からだ》はまっさかさまに花の海《うみ》に落《お》っこちていました。がむしゃらにもがいて花の上に顔《かお》をだそうとしましたが、水のなかとちがってうまくうごけません。

どっちが上なのかもわからないまま、じたばたもがきつづけていると、わたしの手に本のようなものがさわりました。これはもしかして、司書子《ししょこ》ちゃんがひらいてしまったまほうの本ではないでしょうか。

まほうの本がおこしたおかしなできごとは、本をとじるとおさまることもあります。わたしは夢中《むちゅう》でその本をつかむと、ひらいていたページをとじました。

そのとたん、まわりをうめつくしていた花がいっせいに消《き》えて、わたしはゆかに落《お》ちました。ゆかにはぶあついじゅうたんがしいてあって、おかげでけがをすることはありませんでした。

わたしがゆかにたおれたままむねをなでおろしていると、すぐそばにいたノダちゃんと司書子《ししょこ》ちゃんがつぶやくようにいいました。

「たすかったのだぁ……」

「ごめいわくをおかけしましたあ……」

ノダちゃんのコウモリたちがあつまってきて、ぺこぺこと頭《あたま》をさげます。落《お》としてしまったことをあやまっているのでしょう。

気にしなくていいよ、とわたしが手をふってこたえていると、ききおぼえのある声《こえ》が耳にとびこんできました。

「司書子《ししょこ》ちゃん、いったいなにがあったの⁉」

こちらにかけてきたのは、司書子《ししょこ》ちゃんがせんぱいとよんでいる司書《ししょ》

のお姉《ねえ》さんです。司書子《ししょこ》ちゃんがとびおきて、あたふたとたずねます。

「せ、せんぱい、どうしてここに⁉」

「ここでなにかおこってるっていう警報《けいほう》がなったから、いそいでとんできたの。それよりも、しかくのない利用者《りようしゃ》さんをこのコーナーにいれちゃだめじゃない」

しかられている司書子《ししょこ》ちゃんを見て、わたしはとっさにかばいました。

「わたしたちがかってにはいっちゃったんです！司書子《ししょこ》ちゃんのひめいがきこえたから！」

ノダちゃんも「そうなのだそうなのだ！」とつよくうなずきます。司書《ししょ》のお姉《ねえ》さんは、「もう」と司書子《ししょこ》ちゃんをにらんでから、こちらをむいてきました。

「それで、ふたりはこのまほうの本のコーナーに、

なんの用《よう》があったの？」

「わがはいたちは、その植木《うえき》ばちの植物《しょくぶつ》のことをしらべにきたのだ」

ノダちゃんが司書子《ししょこ》ちゃんのもっている紙《かみ》ぶくろを指《ゆび》さすと、司書《ししょ》のお姉《ねえ》さんがそのなかを見てつぶやきました。

「この植物《しょくぶつ》は、まえにここの本で見たことがあるような……」

司書《ししょ》のお姉《ねえ》さんが「ちょっとまってね」といって、近《ちか》くのたなのわきにあったボタンをおすと、そのたながゆかにしずんでいって、上のほうの本に手がとどくようになりました。

お姉《ねえ》さんはそこから緑色《みどりいろ》の古そうな本を手にとって読《よ》みはじめます。

「それはなんの本なんですか？」

「この本は、マンドラゴラの図鑑《ずかん》なの」

「マンドラゴラ、とはなんなのだ？」

ノダちゃんといっしょに、わたしも首《くび》をかしげていると、司書子《ししょこ》ちゃんが教《おし》えてくれました。

「小人のような形《かたち》をしていて、夜《よる》になるとかってにあるきまわるという、まほうの植物《しょくぶつ》です。地面《じめん》からひきぬくときにおそろしいさけび声《ごえ》をあげて、その声《こえ》をきいたものは命《いのち》を落《お》としてしまうとか……」

「そ、そんなこわい植物《しょくぶつ》なのだ!?」

ノダちゃんがびくっとして、植木《うえき》ばちのふくろからはなれると、司書《ししょ》のお姉《ねえ》さんがいいました。

「マンドラゴラにはたくさんのしゅるいがあって、きけんなものはそれほど多《おお》くないのよ。動物《どうぶつ》のようにうごきまわることができるまほうの植《しょく》物《ぶつ》は、すべてマンドラゴラのなかまということになってるの」

ということは、このまんまるのまりのような植物《しょくぶつ》も、ひとりでにうごご

いたりするのでしょうか。ごろごろころがったりするのかな。

そう考《かんが》えながらふくろのなかをのぞいて、わたしはぎょっとしました。緑《みどり》のまりのような植物《しょくぶつ》から、ごそごそと音がきこえてきたのです。まりのなかでなにかがうごいているような音です。

ききまちがいじゃないかと思《おも》って、植木《うえき》ばちに顔《かお》を近《ちか》づけたとたん、まりの色《いろ》が急《きゅう》にしおれたように黄色《きいろ》くなってしまいました。わたしは「えっ！」と声《こえ》をあげて、思《おも》わず植木《うえき》ばちを紙《かみ》ぶくろからとりだしました。

「かれてしまったのだ？」

ノダちゃんがかなしそうな顔《かお》になります。けれど、そうではありませんでした。まりの形《かたち》にからみあったくきが、みるみるしおれてくずれ、そのなかにかくれていたものがすがたを見せたのです。

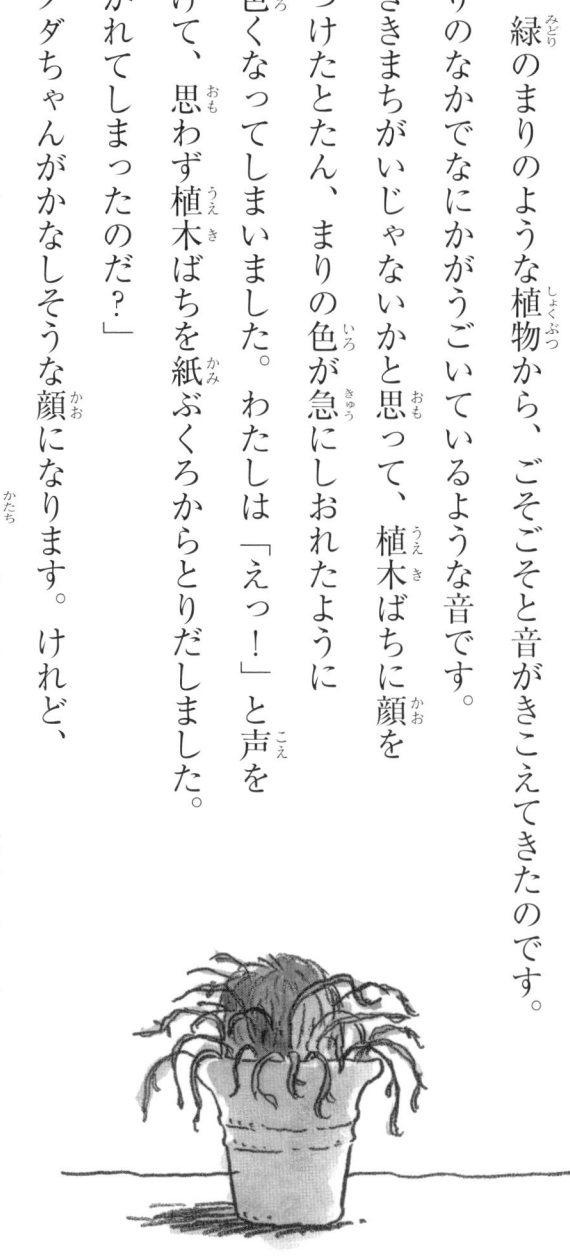

そこにあったのは、まりよりもひとまわり小さな、ほそ長《なが》い葉《は》っぱのかたまり。はりのようにほそい葉《は》っぱが、動物《どうぶつ》の毛《け》のようにも見えて、動物《どうぶつ》なら耳やしっぽがあるところに、ほかとはちがう形《かたち》の葉《は》っぱがとびだしています。なんだかちょっと、毛《け》の長《なが》いマルチーズやヨークシャーテリアににているような……。

そのとき、葉《は》っぱのかたまりが体《からだ》をふるわせて、「わっふ」となき声《ごえ》をあげました。おどろいて見つめると、葉《は》っぱのあいだにのぞいた小さな黒《くろ》いひとみと目があって、わたしはますますびっくりぎょうてんしてしまいました。

ノダちゃんもぽかんとした声《こえ》でつぶやきました。

「まるで犬みたいなのだ……」

司書《ししょ》のお姉《ねえ》さんが「思《おも》ったとおりね」といって、

ひらいた図鑑《ずかん》のページを見せてくれました。そこには植木《うえき》ばちにいるのとそっくりな、犬のような植物《しょくぶつ》の絵《え》がのっています。

「この植物《しょくぶつ》の名前《なまえ》はワンドラゴラ。犬のようなすがたをしたマンドラゴラのなかまで、大きくなると地面《じめん》をはなれて、自由《じゆう》にうごくことができるそうよ」

「ワンドラゴラ……」

ノダちゃんがワンドラゴラにさわろうとして、おそるおそる指《ゆび》を近《ちか》づ

けました。するとワンドラゴラの体《からだ》のなかから、ほそいつるがのびてきます。わたしたちがびっくりしていると、ワンドラゴラはあくしゅをするように、のばしたつるをノダちゃんの指《ゆび》にやさしくまきつけました。

「かわいいのだぁ……」

「うん、ほんとにかわいいね……」

ワンドラゴラはまわりにいるわたしたちの顔《かお》をかわるがわる見あげて、葉《は》っぱのしっぽをぴょこぴょこふっています。

このワンドラゴラ、うちでそだてられないかな。帰《かえ》ったらお母《かあ》さんにおねがいしてみよう。

ノダちゃんとならんでワンドラゴラのすがたをながめながら、わたしの心《こころ》はとてもわくわくしていました。

ワンドラゴラを
そだてよう！

「ほんとにあの球根《きゅうこん》が、この犬みたいなやつになったのか……？」

口をあんぐりあけたまま、お父《とう》さんがワンドラゴラを指《ゆび》さしました。

となりでお母《かあ》さんも目をまるくしています。

お店《みせ》のおくのテーブルにのせたワンドラゴラは、まわりをながめてそわそわもぞもぞしています。お父《とう》さんがちょんちょんと指《ゆび》でつつくと、ワンドラゴラはくすぐったそうに体《からだ》をゆらしました。それからおかえしをするように、つるをのばしてお父《とう》さんの指《ゆび》をこちょこちょします。

「わはは、おもしろいなこいつ。お母《かあ》さん、こいつ、うちでそだてよう！」

お父《とう》さんはさっきまでまんまるだった目をきらきらさせています。お母《かあ》さんはそんなお父《とう》さんにあきれた顔《かお》をしてみせてから、わたしとノダちゃんにたずねました。

「きけんな生きものではないのよね。そだてかたはわかっているの？」

「うん、図書館《としょかん》でしらべてきたから……」

わたしは自信《じしん》がないのをかくしてこたえました。ほんとうは図鑑《ずかん》には、ワンドラゴラのくわしいそだてかたまではのっていなかったのです。書《か》いてあったのはふつうの植物《しょくぶつ》とおなじように、おひさまの光《ひかり》と水でそだつということだけ。司書子《ししょこ》ちゃんたちがほかの本もしらべて、なにかわかったら教《おし》えてくれることになっているけど……。

「おねがいなのだ。この家《いえ》でワンドラゴラをそだてさせてほしいのだ。わがはいのおうちではそだてることができないのだ」

ノダちゃんが残念《ざんねん》そうにいいます。おひさまの光《ひかり》がにがてな吸血鬼《きゅうけつき》のノダちゃんの家《いえ》は、昼間《ひるま》でも日があたらないそうなのです。

ワンドラゴラはお父《とう》さんになでられてよろこんでいます。お母《かあ》さんはそのようすをながめてから、わたしたちのほうをむいていいました。

「生きものをそだてるってことは、たのしいことだけじゃなくて、つらいことやかなしいこともあるのよ。それでもちゃんとせきにんをもって、この子のおせわをするってやくそくできる？　もしできないなら、お父《とう》さんとお母《かあ》さんがそだててくれる人を見つけるから」

お母《かあ》さんの表情《ひょうじょう》はしんけんで、かるいきもちで返事《へんじ》をしてはいけないような気がしました。けれどわたしはノダちゃんと顔《かお》を見あわせてから、しっかり「うん」とうなずいてみせました。

お母《かあ》さんはわたしたちをじっと見つめていたけど、そのうちににっこりとわらっていいました。

「わかりました。それじゃあしっかりおせわするのよ。こまったことがあったら、すぐにそうだんをしてね」

「ほんとにいいの⁉　ありがとう、お母《かあ》さん！」

「サキちゃんのお母《かあ》さん、ありがとうございますのだ！」

「いやあ、どんなふうにそだつのかたのしみだな。

おい、これからよろしくな、ワンドラゴラ！」

わたしとノダちゃんだけじゃなく、お父《とう》さんまで大よろこびしています。わたしたちのうれしさがつたわったのか、ワンドラゴラもしっぽをふって、「わっふわっふ！」とはしゃぐようななき声《ごえ》をあげました。

わたしの部屋《へや》のまどべにワンドラゴラの植木《うえき》ばちをおくと、ノダちゃんがうきうきした声《こえ》でいいました。

「サキちゃん、サキちゃん、このワンドラゴラの名前《なまえ》をきめるのだ」

「そうだね。どんな名前《なまえ》がいいかなあ……」

「はいっ！　わがはい、ワンダフル・ドラジェコンフェッティ・ゴルゴ

ンゾーラ一世《せい》がいいと思《おも》うのだ！」

「長《なが》すぎだよ！」

もう、ノダちゃんったら。自分《じぶん》の名前《なまえ》が長《なが》いからって、ワンドラゴラの名前《なまえ》までそんなに長《なが》くしなくてもいいでしょう。ワンドラゴラもなんだかきょとんとしちゃっています。

もっとみじかくてかわいい名前《なまえ》がいいなあ。できればノダちゃんがつけようとした名前《なまえ》もいかして、え〜と……。

「そうだ！　ワンドラゴラだから、ドラって名前《なまえ》はどうかな。ノダちゃんが考《かんが》えた名前《なまえ》にも、ドラがはいってたでしょう。正式《せいしき》な名前《なまえ》はノダちゃんが考《かんが》えたのにして、あだなをドラにしようよ」

「わがはいの考《かんが》えた長《なが》くてりっぱな名前《なまえ》が、そんなにみじかく……」

ノダちゃんはふまんそうでしたが、すぐに「けどドラもかわいいかも

しれないのだ」といいだします。わたしはほっとして、植木《うえき》ばちのワンドラゴラにいいました。

「それじゃあ、あなたの名前《なまえ》はこれからドラね。だけど……」

「正式《せいしき》な名前《なまえ》はワンダフル・ドラジェコンフェッティ・ゴルゴンゾーラ一世《せい》だから、そっちもおぼえてほしいのだ！」

ワンドラゴラは首《くび》をかしげるように体《からだ》をかたむけてから、「わっふ」とうなずきました。正式《せいしき》な長《なが》い名前《なまえ》、おぼえられるといいんだけど……。

「あっ、わすれてた。ドラに水をあげなくちゃ」

わたしはもってきたきりふきで、ドラに水をかけてあげました。

ドラは葉《は》っぱの耳をぴょこぴょこうごかしてよろこんでいます。

「水はこれくらいあげればいいのかな……」

くわしいそだてかたがわからないのはやっぱり不安《ふあん》です。おひさまの

光《ひかり》と水でそだつといっても、植物《しょくぶつ》のしゅるいによって、
水をあげる量《りょう》の目安《めやす》もちがうんだから。
まほうの植物《しょくぶつ》にくわしいしりあいがいたら、
そうだんをすることもできるんだけどなあ。
そう考《かんが》えていたわたしの頭《あたま》に、ある人の顔《かお》がうかびました。
「ねえ、魔女《まじょ》のおばあさんにそうだんしてみない？」
魔女《まじょ》のおばあさんはノダちゃんのしりあいです。
まほうの本もたくさんもっていたから、
ワンドラゴラのこともよくしっているかもしれません。
「それはいいアイデア……ではなかったのだ」
とちゅうまで元気《げんき》にいいかけてから、
ノダちゃんはかたを落《お》としました。

「えっ、どうして？」

「魔女《まじょ》のおばあさんは遠《とお》くに旅行中《りょこうちゅう》で、まだしばらくは帰《かえ》ってこないそうなのだ」

ノダちゃんがそういって、魔女《まじょ》のおばあさんが旅行先《りょこうさき》からおくってきたという手紙《てがみ》を見せてくれました。手紙《てがみ》といっしょにはいっていた写真《しゃしん》には、地球上《ちきゅうじょう》の景色《けしき》とは思《おも》えない、銀色《ぎんいろ》の海《うみ》がうつっています。いったいどこまで旅行《りょこう》にいってるんだろう……。

魔女《まじょ》のおばあさんにもたよれないとわかって、ますます心《こころ》ぼそくなっていると、ドラがわたしの顔《かお》を見あげて、「くぅん」と心配《しんぱい》そうになきました。あまりおろおろしていると、ドラまで不安《ふあん》にさせてしまいそうです。

「だいじょうぶだよ、ドラ。わたしたちがちゃんとそだててあげるから」

「わがはいも毎日《まいにち》ドラのおせわにくるのだ！」

しっぽをふって、「わっふ」とこたえるドラを見て、わたしは笑顔《えがお》になりました。

いつか犬を飼《か》えたらいいな、とわたしはまえから思《おも》っていました。ふつうの犬とはちがうけど、まけないくらいかわいいドラと、これからいっしょにくらせるんだ。そう考《かんが》えたら、わたしのむねのなかはうれしさでいっぱいになりました。

いつもより早おきをしてカーテンをあけると、まぶしい朝《あさ》の光《ひかり》が部屋《へや》にさしこみました。

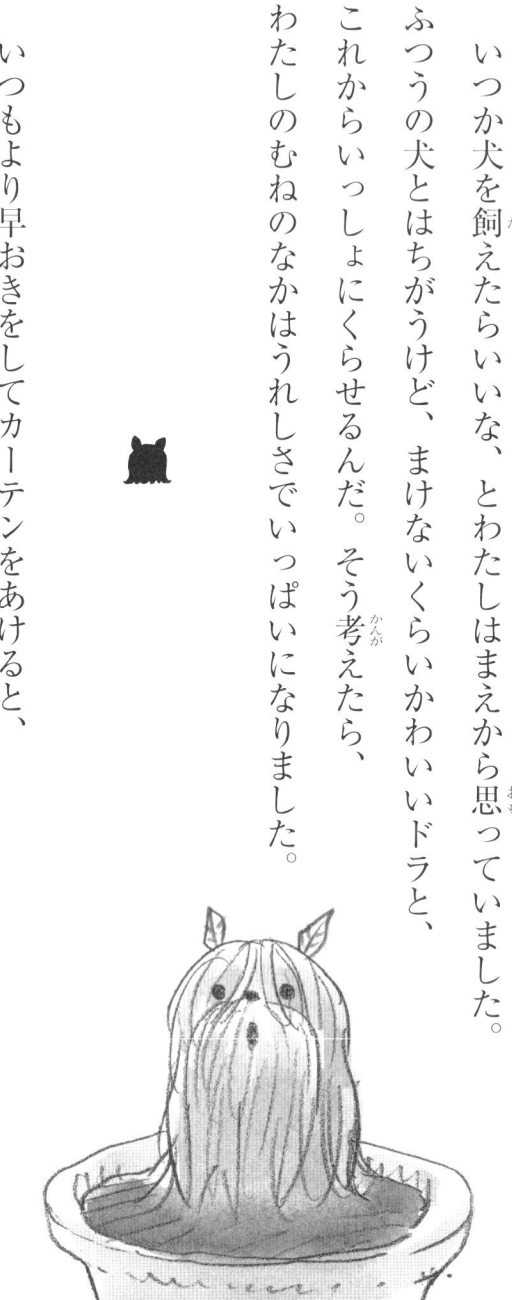

「おはよう、ドラ！」

わたしの声《こえ》に、ドラが「わっふ！」と元気《げんき》にこたえます。わたしがきりふきで水をあげると、ドラはきもちよさそうに体《からだ》をふるわせました。ドラをなでたりかまったり、かわいいしぐさをながめたりしているうちに、朝《あさ》ごはんの時間《じかん》になり、ごはんと学校のしたくをすませたあとで、わたしがまたドラとあそんでいると、にぎやかな声《こえ》が耳にとびこんできました。

「サキちゃ～ん！　ドラのおせわにきたのだ～！」

まどをあけて見あげると、コウモリガサにぶらさがったノダちゃんが、空からおりてくるところでした。こんなに朝早《あさはや》くからくるなんて、ノダちゃんもはりきっているようです。

わたしは部屋《へや》にやってきたノダちゃんにいいました。

「じゃあノダちゃん、ドラのことをよろしくね。あんまり水をあげすぎちゃだめだよ。超《ちょう》こうきゅうトマトジュースもあげちゃだめ。それから植木《うえき》ばちをうごかすときは、うっかり落《お》とさないように気をつけて……」

「サキちゃん、そろそろ学校にいかないとちこくしちゃうわよ」

お母《かあ》さんがわたしをせかしにきました。いそいでランドセルをせおってげんかんをでると、ノダちゃんがわたしの部屋《へや》から、

「いってらっしゃいのだ〜！」と手をふってくれました。ドラもノダちゃんのまねをして、つるをふりまわしています。

笑顔《えがお》で手をふりかえしてあるきだすとすぐ、犬のさんぽをしているおじいさんとすれちがいました。大きくそだって自由《じゆう》にうごけるようになったドラと、そんなふうにさんぽをするときのことを

想像《そうぞう》しながら、わたしははずんだ足どりで学校にむかいました。

それから一週間《しゅうかん》がたちましたが、ドラの大きさは、最初《さいしょ》にはかったときからまったくかわりませんでした。

「きょうもぜんぜん大きくなっていないのだ……」

じょうぎのめもりをたしかめて、ノダちゃんががっかりします。

それを見たドラが、「わふぅ」ともうしわけなさそうな声《こえ》でなきました。

「また図書館《としょかん》にいって、司書子《ししょこ》ちゃんにそだてかたが

わかったかきいてみるのだ？」

「おとといもききにいったばかりじゃない。」

せかしてるみたいでわるいよ」

ノダちゃんにはそういったけど、わたしも心《こころ》のなかでは、司書子《ししょこ》ちゃんのところにたしかめにいきたいな、と思《おも》っていました。

おひさまの光《ひかり》と水だけでは、ワンドラゴラは大きくならないのかもしれません。「やっぱり肥料《ひりょう》とかもあげたほうがいいのかなあ」とわたしはつぶやきました。

まえに肥料《ひりょう》をあげようとしたこともあったけど、においをかいだドラがいやそうな顔《かお》をしたので、あげるのをやめてしまったのです。

ドラはふつうの植物《しょくぶつ》とはちがうから、肥料《ひりょう》をあげることでぎゃくにわるいえいきょうがあったりするんじゃないか、と心配《しんぱい》になって。

「サキちゃんがあげようとした肥料《ひりょう》が、ドラのこのみじゃなかったのかもしれないのだ。ほかの肥料《ひりょう》をあげてみてはどうなのだ？」

「う〜ん、肥料《ひりょう》にこのみとかあるのかなあ」

わたしたちがそんな話《はなし》をしていると、

おやつをもってきてくれたお母《かあ》さんがいいました。

「花屋《はなや》さんならいろいろな肥料《ひりょう》をおいているから、ためしにドラをつれていって、すきな肥料《ひりょう》をドラにえらんでもらったら？」

「えっ、花屋《はなや》のお姉《ねえ》さんにドラを見せてもいいの？　ドラのことをみんなにしられたら、きっと大さわぎになっちゃうから、ひみつにしておいたほうがいいんじゃない？」

「お母《かあ》さんもなるべくそうしたほうがいいと思《おも》うけど、あのお姉《ねえ》さんなら、まわりにいいふらしたりはしないでしょう」

わたしはこちらを見あげているドラの顔《かお》を見つめかえしました。

わたしたちがせっかちすぎるのかもしれないけど、このままぜんぜん

大きくならないのは心配《しんぱい》です。

「それじゃあ、花屋《はなや》のお姉《ねえ》さんのところにドラをつれていってみよっか」

「いってみるのだ！　けどそのまえにこれをいただくのだ」

ノダちゃんはそういって、お母《かあ》さんがもってきたクッキーを

おいしそうにほおばりました。

はじめてドラを見た花屋《はなや》のお姉《ねえ》さんの反応《はんのう》は、お母《かあ》さんや

お父《とう》さんとまったくいっしょでした。目をまるくして、

口をぽかんとあけて、しばらく言葉《ことば》もでてこないようでした。

「……まほうの植物《しょくぶつ》の、ワンドラゴラ？　マンドラゴラのなかまの？

はあ、世《よ》のなかにはわたしのしらない植物《しょくぶつ》がまだまだたくさんあるのね」

ドラは花屋《はなや》さんのなかをきょろきょろと見まわして、

しきりにしっぽをふっています。お店《みせ》の花をなかまだと思《おも》っているのでしょうか。なんだかとてもうれしそうです。

「このドラちゃんのこのみにあう肥料《ひりょう》をさがしてるのね。それならためしに、うちでつかっている肥料《ひりょう》をいくつかもってきてみましょう」

花屋《はなや》のお姉《ねえ》さんはお店《みせ》のおくにひっこむと、植木《うえき》ばちのうけ皿《ざら》を手にもどってきました。うけ皿《ざら》にはいろいろなしゅるいの肥料《ひりょう》がちょこっとずつ、こうきゅうレストランの料理《りょうり》のようにのっています。

わたしはドラの植木《うえき》ばちをそのうけ皿《ざら》に近《ちか》づけてきいてみました。

「どう、このなかにつかってほしい肥料《ひりょう》はない？」

ドラは肥料《ひりょう》のにおいをかいだり、つるのさきでこわごわつついていたりしましたが、そのうちにつるをひっこめてしまいました。

花屋《はなや》のお姉《ねえ》さんがそれを見ていいました。

「このみの肥料《ひりょう》はないみたいね……」

わたしとお姉《ねえ》さんがこまっていると、ノダちゃんの声《こえ》がきこえました。

「お姉《ねえ》さんお姉《ねえ》さん、このふくろは肥料《ひりょう》ではないのだ？」

ノダちゃんが指《ゆび》さしていたのは、トマトの絵《え》が大きくまんなかにかいてあるふくろでした。

「それも肥料《ひりょう》よ。トマトせんようの肥料《ひりょう》なの」

「トマトせんよう！　そんな肥料《ひりょう》もあるのだ⁉」

ノダちゃんはトマトの肥料《ひりょう》のふくろをもちあげてびっくりしています。ちょっと食《た》べたそうな顔《かお》をしてるように見えるけど、肥料《ひりょう》は食《た》べちゃだめだからね。

そのときです。ドラがとつぜん、「わっふわっふ！」とさわがしくなきはじめました。葉《は》っぱのしっぽをとれちゃうくらい

はげしくふりながら、ノダちゃんのほうにむかって、植木《うえき》ばちからとびだしそうないきおいでみをのりだしています。

「えっ、もしかしてあの肥料《ひりょう》が気になるの？　だけどあれはトマトせんようの肥料《ひりょう》なんだよ？」

わたしがとまどっていると、お姉《ねえ》さんが「とにかくためしてみましょう」といって、ノダちゃんから肥料《ひりょう》のふくろをうけとりました。

お姉《ねえ》さんがふくろをあけて、なかみの黒《くろ》っぽい肥料《ひりょう》をうけ皿《ざら》にだします。ところがそのとたん、ドラはがっかりしたように、なくのをやめてしまいました。

あんなにこうふんしてたのに、いったいどういうことなんだろう。わたしとお姉《ねえ》さんが首《くび》をかしげていると、ノダちゃんが手をあげていいました。

「サキちゃん、わがはい、ためしてみたいことがあるのだ」

ノダちゃんがポケットから大こうぶつのトマトをとりだしました。トマトなんてポケットにいれていたらつぶれちゃいそうだけど、ノダちゃんの黒服《くろふく》のポケットは、見ためよりたくさんのものがはいるふしぎなポケットだから、トマトがつぶれる心配《しんぱい》もないようです。

トマトを見たドラが、またにぎやかになきはじめます。まさかこの反《はん》応《のう》は、とわたしがおどろいていると、ドラはつるのさきでトマトをつっついて、つるにまきつけたトマトのかけらを、体《からだ》のなかにはこびました。

そして感動《かんどう》したようにぶるぶる体《からだ》をふるわせて、

「わふ〜っ！」ととびきりしあわせそうななき声《こえ》をあげます。

「やっぱりそうなのだ！　ドラはわがはいとおなじで、トマトが大すきなのだ！」

ノダちゃんがうれしそうにいいました。

ドラはいくつもつるをのばして、おいしそうにトマトを食《た》べはじめます。わたしと花屋《はなや》のお姉《ねえ》さんが目をまるくしていると、ノダちゃんがポケットからトマトジュースのビンをとりだしました。

「これもあげてみていいのだ?」

「あっ、それ、超《ちょう》こうきゅうトマトジュース?」

「ちがうのだ。超《ちょう》こうきゅうじゃないけど、とってもおいしいトマトジュースなのだ。花屋《はなや》のお姉《ねえ》さん、ドラにあげてもかまわないのだ?」

お姉《ねえ》さんは、「たぶんだいじょうぶだと思《おも》うけど」とあいまいにうなずきます。ノダちゃんがトマトジュースを植木《うえき》ばちの土にかけると、ドラはトマトを食《た》べたときとおなじように大よろこびしました。

どうやらドラがトマトをすきなのはまちがいないようです。もともと

ワンドラゴラのこうぶつがトマトだったのか、球根《きゅうこん》のときに超《ちょう》こうきゅうトマトジュースをあげたせいで、トマトずきになったのかはわからないけど……。

「これでもう心配《しんぱい》はいらないのだ。えいようまんてんのトマトを食《た》べて、トマトジュースをのんでいれば、ドラもどんどん大きくなるにちがいないのだ！」

トマトが大すきなノダちゃんはすっかり安心《あんしん》しているけど、わたしはまだちょっと不安《ふあん》でした。

「あの、トマトのほかに、なにかドラをそだてるのに、役《やく》にたちそうなことってありませんか？」

わたしがたずねると、お姉《ねえ》さんは「そうねえ」とほおに手をあててから、なにか思《おも》いついたようにスマートフォンをとりだしました。

そしてそのスマートフォンで音楽《おんがく》をながします。学校の校内放送《こうないほうそう》できいたおぼえがある、おだやかなメロディの音楽《おんがく》です。

その音楽《おんがく》にあわせて、ドラがうっとりしたように体《からだ》をゆらしはじめました。それを見たお姉《ねえ》さんが、「思《おも》ったとおりね」とつぶやきます。

「花や野菜《やさい》は、音楽《おんがく》をきかせることでよくそだつっていわれてるの。ドラちゃんも音楽《おんがく》がすきみたいだから、音楽《おんがく》や歌《うた》をたくさんきかせてあげたら、大きくそだつんじゃないかしら」

なるほど、とわたしはうなずきました。トマトと音楽《おんがく》。

それでドラが大きくなってくれるかどうか、とりあえずためしてみることにしよう。わたしはそうきめると、花屋《はなや》のお姉《ねえ》さんにお礼《れい》をいって、家《いえ》に帰《かえ》ることにしました。

「またいつでもドラちゃんをつれてあそびにきてね」

「そうするのだ。花屋《はなや》のお姉《ねえ》さん、ありがとうございましたのだ！」

「ありがとうございました！」

花屋《はなや》さんをでたときには、空はもうオレンジ色《いろ》でした。その空をながめてあるいていると、ノダちゃんが急《きゅう》にうたいだしました。

「大きくなれなれもっとなれ〜！　トマトですくすくそだつのだ〜！」

「ノダちゃん、その歌《うた》はなに？」

「『ドラ、大きくなれ』の歌《うた》なのだ。ドラが早く大きくなるように、たくさん歌《うた》をうたってきかせるのだ。サキちゃんもいっしょにうたうのだ」

ノダちゃんがまたうたいはじめましたが、わたしははずかしいのでえんりょしておきました。かわりに家《いえ》に帰《かえ》ったら、ドラのためにリコーダーをふいてあげることにしよう。

ノダちゃんのおかしな歌《うた》にあわせて、ドラがたのしそうになき声《ごえ》をあげます。わたしも小さな声《こえ》でノダちゃんのまねをして、「大きくなれなれ」とつぶやきながら、わくわくしたきもちで家《いえ》に帰《かえ》りました。

水と肥料《ひりょう》のかわりにトマトジュースとトマトをあげるようになってから、ドラはぐんぐん大きくなりはじめました。一週間《しゅうかん》で最初《さいしょ》にはかったときの倍《ばい》の大きさになって、植木《うえき》ばちがちょっときゅうくつそうです。

学校にでかけるまえ、わたしはドラのまえでリコーダーをかまえました。いつもこの時間《じかん》に、ドラに音楽《おんがく》をきかせてあげることにしているのです。きょうの曲《きょく》はわたしがいちばんとくいな『エーデルワイス』にしよう、っと。

　リコーダーをふきはじめると、ドラがメロディにあわせてうたうように、「わっふわふわ～」となき声《ごえ》をあげます。たのしそうにゆらゆらゆれているドラのすがたをながめて、わたしがうれしくなっていると、お父《とう》さんが部屋《へや》のドアをあけて、ドラといっしょにうたいだしました。

「エ～デルワ～イス、エ～デルワァ～イス」

　お父《とう》さんの歌《うた》はすごくじょうずなんだけど、「エーデルワイス」が演歌《えんか》みたいになってしまいます。

　お父《とう》さんのよくひびく声《こえ》にはりあうように、ドラのなき声《ごえ》も大きくなります。わたしもまけずにリコーダーの音量《おんりょう》をあげると、お母《かあ》さんが部屋《へや》にやってきて注意《ちゅうい》しました。

「お父《とう》さんもサキちゃんもドラも、

まだ朝早《あさはや》いんだからさわがしくすると近所《きんじょ》めいわくよ」

それからまもなく、ノダちゃんがいつものようにドラのおせわにやってきました。

「サキちゃん、きょうはドラを花屋《はなや》さんにつれていってもいいのだ？　花屋《はなや》のお姉《ねえ》さんがドラに会《あ》いたがっていたのだ」

「いいけど、とちゅうでドラを落《お》としたりしちゃだめだよ。それじゃあ、いってきま～す！」

「いってらっしゃいのだ～！」

「わっふわっふわふ～！」

ノダちゃんとドラに見おくられて、わたしは家《いえ》をでました。

ノダちゃんは昼間《ひるま》もずっとドラといっしょにいられていいなあ、とうらやましく思《おも》いながら。

その日の学校の帰《かえ》り道《みち》、わたしは花屋《はなや》のお姉《ねえ》さんに声《こえ》をかけられました。

「さっきノダちゃんがドラちゃんをつれてきてくれたのよ。ずいぶんりっぱにそだったのね。ノダちゃんにきいたんだけど、大きくなったら本物《ほんもの》の犬みたいにうごけるようになるんですって？」

「そうなんです。そろそろなんじゃないかなって思《おも》ってるんですけど……」

それはたのしみね、とにっこりするお姉《ねえ》さんに、わたしも笑顔《えがお》で、はいっ、とうなずきました。

ところが、わたしのうきうきした気分《きぶん》は、家《いえ》についてすぐにふきとんでしまいました。ドラがふせをするようなかっこうでぐったりしたまま、うごかないのを見たせいです。今朝《けさ》はあんなに元気《げんき》だったのに。

「ノダちゃん、ドラのぐあいがわるいみたいだけど、なにかあったの？」

「さ、さあ、コウモリたちとあそびすぎてつかれてるんじゃないのだ？」

ノダちゃんがそっぽをむいてこたえます。だけどノダちゃんはうそがにがてだから、かくしごとをしているのはばればれです。

それからすぐに、わたしはドラの植木《うえき》ばちが、朝《あさ》とはべつのものにかわっているのに気がつきました。

「まさかノダちゃん、ドラを落《お》っことして、植木《うえき》ばちをわっちゃったの⁉」

わたしがノダちゃんをといつめようとしていると、お母《かあ》さんが部屋《へや》にやってきていいました。

「ちがうわよ。ドラがきゅうくつそうだったから、大きめの植木《うえき》ばちに植《う》えかえてあげただけ。ねえ、ノダちゃん」

お母《かあ》さんがそう声《こえ》をかけますが、ノダちゃんはうつむいてだまりこんでいます。わたしがその顔《かお》をじっと見つめていると、ノダちゃんはこらえきれなくなったようにいいました。

「そうじゃないのだ。ドラの元気《げんき》がないのは、わがはいが花屋《はなや》さんの帰《かえ》りに、ドラをうっかり地面《じめん》に落《お》としてしまったせいなのだ……」

わたしが思《おも》ったとおりでした。「落《お》とさないように気をつけて、っていったのに！」とノダちゃんをせめると、お母《かあ》さんがわたしをなだめました。

「そんなに心配《しんぱい》しなくてもだいじょうぶよ。落《お》としたといっても、植木《うえき》ばちがわれただけで、ドラが地面《じめん》にぶつかることはなかったようだし。元気《げんき》がないのは、まだびっくりしているだけでしょう」

「それでも心配《しんぱい》するよ！」

わたしは大声《おおごえ》でいいかえしました。せっかくここまでそだったのに、ノダちゃんが落《お》としたせいで、ドラがしおれてしまったりしたらどうしよう。わたしがおろおろしていると、ノダちゃんがうつむいたままいいました。

「……ごめんなさいのだ。また落《お》としたりするとたいへんだから、わがはい、もうドラのおせわにはこないのだ」

ノダちゃんはそれだけいうと、部屋《へや》をとびだしていってしまいました。お母《かあ》さんが、「まって、ノダちゃん！」とよびかけますが、ノダちゃんの返事《へんじ》はありません。

「サキちゃん、おいかけなくてもいいの？」

お母《かあ》さんにそうきかれても、わたしはうごこうとはしませんでした。かわいそうな気もするけど、ノダちゃんには

ちゃんとはんせいしてもらったほうがいいと思《おも》ったのです。

げんかんのドアがあいて、またしまる音がきこえました。ドラがわたしの顔《かお》を見あげて、「わふぅ」とよわよわしいなき声《ごえ》をあげました。


翌朝《よくあさ》、わたしはドラのなき声《ごえ》で目をさましました。

ベッドからとびおきてまどべを見ると、ドラが元気《げんき》にしっぽをふっていました。わたしはそれを見て、ほっとむねをなでおろします。

きのうの夜《よる》はまだぐったりしていたから、ふとんにはいってからも心配《しんぱい》で、あまりよくねむれなかったのでした。

カーテンをあけて、ドラにトマトジュースをあげながら、

わたしはきのう見たノダちゃんの顔《かお》を思《おも》いだしました。あんなにかなしそうなノダちゃんの顔《かお》を見たのははじめてでした。

ノダちゃんにわるいことをしちゃったな。ノダちゃんだって、わざとドラを落《お》としたわけじゃないんだから。もしもノダちゃんがまだ落《お》ちこんでいたら、おこったことをあやまって、はげましてあげることにしよう、とわたしは考《かんが》えました。

ところが、学校にいくしたくができても、ノダちゃんはやってきませんでした。もうおせわにはこないなんていってたけど、まさかほんとうにこないつもりなのでしょうか。ノダちゃんのことだから、すぐにわすれちゃうんじゃないかと思《おも》ってたんだけど……。

ぎりぎりまでまってもこないので、わたしはドラのおせわをお母《かあ》さんにおねがいして、いそぎ足で学校にむかいました。

つぎの日も、そのつぎの日も、
ノダちゃんはすがたを見せませんでした。
ドラはじゅんちょうにそだっているけど、わたしの心《こころ》はずっと
もやもやしていました。ドラもノダちゃんに会《あ》えなくてさびしそうです。
なかよくなってしばらくたつけど、ノダちゃんの家《いえ》がどこに
あるのかはしりません。電話番号《でんわばんごう》もわかりません。あのときは
おこったりしてごめんね、とノダちゃんにつたえることもできません。
「もう二度《ど》と会《あ》いにきてくれないなんてことはないよね……」
ぽつりとつぶやいた自分《じぶん》の言葉《ことば》に不安《ふあん》になって、
わたしはぶるぶると首《くび》をふりました。
ドラがわたしをなぐさめるように、のばしたつるで
わたしの手をなでてくれます。ドラを心配《しんぱい》させないように、

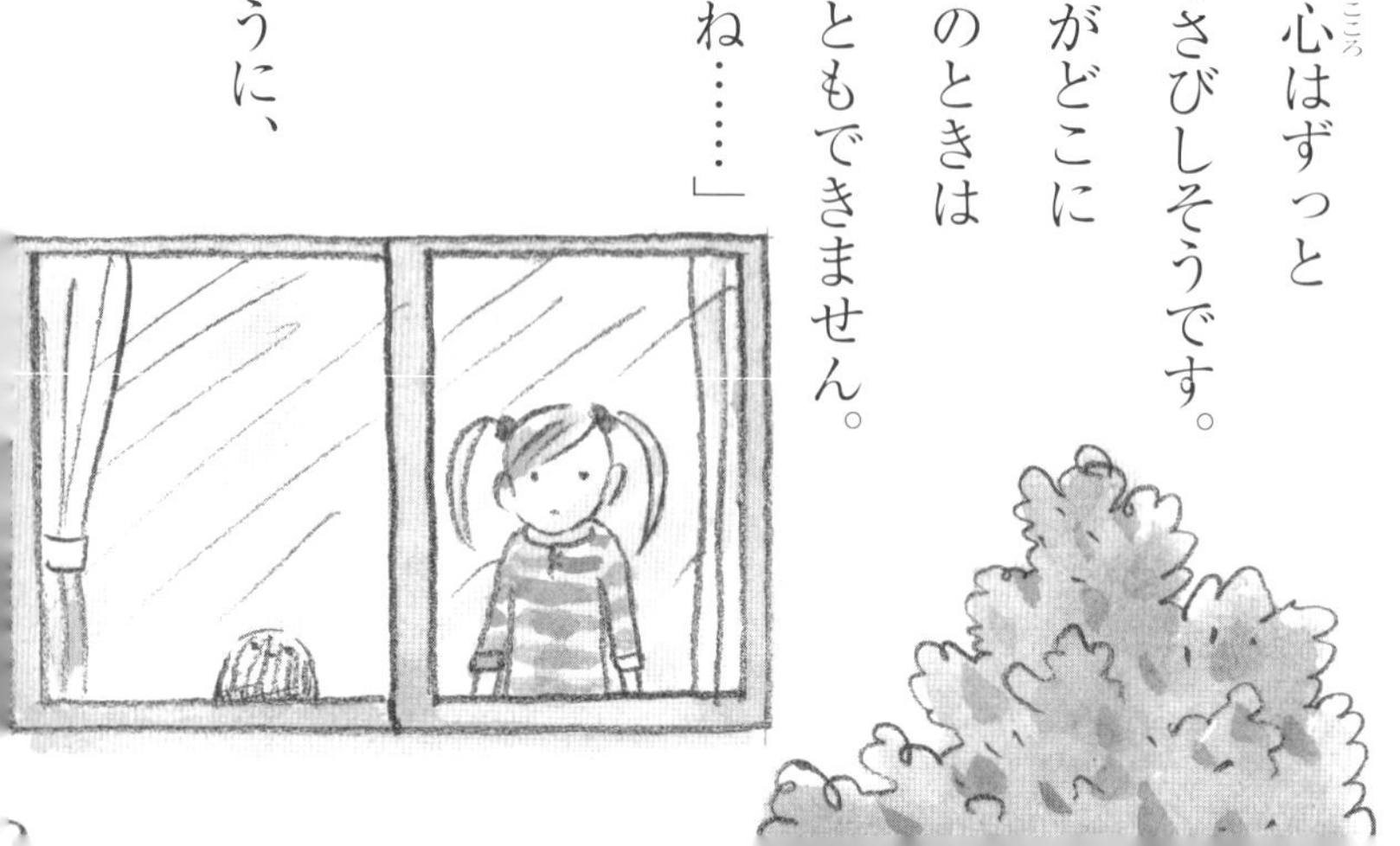

無理《むり》してわらってみせてから、わたしはまどの外《そと》をながめました。

コウモリガサにぶらさがったノダちゃんがとんでこないかな、と思《おも》ったけど、空には灰色《はいいろ》の雲《くも》が見えるだけでした。


学校から帰《かえ》るとすぐ、わたしはお店《みせ》のまえにいたお母《かあ》さんに、ノダちゃんが顔《かお》を見せたかたずねました。

けれどお母《かあ》さんは、きょうも首《くび》を横《よこ》にふります。

とぼとぼと自分《じぶん》の部屋《へや》にもどると、わたしはドラに声《こえ》をかけました。

「ドラ、ただいま……」

ところが、いつもならすぐにあるはずのドラの返事《へんじ》がきこえません。

植木《うえき》ばちのおいてあるまどべに目をやって、わたしは息《いき》をのみました。

植木《うえき》ばちの上に、ドラのすがたがなかったのです。

「ドラ、どこにいるの⁉」

あわてて部屋《へや》のなかを見まわしていたわたしは、まどにすきまができていることに気がつきました。もしかするとドラは、とうとう自由《じゆう》にうごくことができるようになったのではないでしょうか。そしてつるでまどのカギをあけて、部屋《へや》からぬけだしたのかもしれません。

すぐにまどの外《そと》をたしかめましたが、そこにもドラはいませんでした。地面《じめん》まではかなりの高《たか》さがあるけど、ドラならうまくつるをつかっておりることもできるかも……。

「お母《かあ》さん、ドラがどこかにいっちゃったの！」

お店《みせ》にとんでいってそういうと、お母《かあ》さんはおどろいて、

いっしょに庭《にわ》までドラをさがしにきてくれました。

だけど庭《にわ》のすみずみまでさがしても、ドラは見つかりませんでした。

「すこしまえにトマトジュースをあげたときには、まだ植木《うえき》ばちにいたから、そんなに遠《とお》くにはいってないと思《おも》うんだけど……」

お母《かあ》さんも心配《しんぱい》そうです。わたしはいてもたってもいられなくなっていいました。

「わたし、ドラをさがしにいってくる！」

「気をつけてね。お父《とう》さんが配達《はいたつ》から帰《かえ》ってきたら、お母《かあ》さんもさがしにいくから」

わたしは家《いえ》をとびだすと、ドラをさがして近所《きんじょ》をかけまわりました。

花屋《はなや》さんにも、図書館《としょかん》にも、わたしのかよっている小学校にもいってみました。けれどドラはどこにも見あたりません。

わたしは走《はし》りつかれて、公園《こうえん》のベンチにすわりこんでしまいました。ドラ、ぶじだよね。だれかにさらわれちゃったりしてないよね。不安《ふあん》なきもちがどんどんふくらんでいきました。

どうしてドラはいなくなっちゃったんだろう。わたしの部屋《へや》にいるのがいやだったのかな。それとも、もしかしてノダちゃんに会《あ》いたくてさがしにいったの？

ノダちゃんのことを考《かんが》えたら、わたしはますますつらくなってしまいました。こんなとき、ノダちゃんがいてくれたらたのもしかったのに。ノダちゃんの心《こころ》をきずつけてしまったことを、わたしはまたこうかいしました。

空がだんだん暗《くら》くなってきました。

いつまでもやすんでいるわけにはいきません。

わたしが公園《こうえん》をでて、またドラをさがしはじめた、そのときでした。

「……サキちゃん」

おそるおそるそうよぶ声《こえ》に、わたしははっとしてふりかえりました。

するとほそいうら道《みち》の暗《くら》がりに、まっくろなコウモリガサをさした、黒《くろ》ずくめの女の子のすがたがありました。

「ノダちゃん……！」

びっくりしてつぶやいたあとで、わたしはノダちゃんのうでにだかれたドラのすがたに気がつきました。

「ドラ！　よかった、ノダちゃんが見つけてくれたの？」

わたしがたずねると、ノダちゃんはこくりとうなずいてこたえます。

「ドラのことが心配《しんぱい》で、コウモリたちにこっそり見まもっていてもらっ

たのだ。そうしたら、ドラがにげだしたったってコウモリがしらせてくれたから、見つけだしてつかまえたのだ」

ノダちゃんのコウモリガサからコウモリたちがにゅっと顔《かお》をだして、うんうん、とうなずきました。自分《じぶん》たちのお手がらをアピールするように。

「それで、すぐサキちゃんの家《いえ》につれていったら、サキちゃんがドラをさがしてるって、サキちゃんのお母《かあ》さんにきいたから、ドラが見つかったことをつたえにきたのだ」

ノダちゃんがドラを足もとにおろすと、ドラはもぞもぞはうようにわたしのほうにやってきます。わたしはドラの頭《あたま》をなでて、「もう、心配《しんぱい》したんだから」ともんくをいいます。

「ノダちゃん、ドラを見つけてくれてほんとうにありがとう。それと、このあいだはおこったりしてごめんね。ノダちゃんにあやまらなくちゃって、わたし、ずっと思《おも》ってたの」

「サキちゃんがあやまることないのだ！

わがはいがわるかったのだ！」

ノダちゃんはあわてたようにいいかえします。

けれどそのあとで、もじもじしながらつづけました。

「だけど、ドラのことも気になるし、サキちゃんに会《あ》えないのはさびしいから、またあそびにいってもいいのだ？」

「もちろんだよ！　わたしもノダちゃんに会《あ》えないのはさびしいから」

わたしが笑顔《えがお》でこたえると、

ノダちゃんの顔《かお》が、ぱあっと明《あか》るくなりました。そんなわたしたちを見て、ドラが「わっふ！」とうれしそうなな声《ごえ》をあげます。

わたしはドラがドラを見おろして、もしかしたら、と考《かんが》えました。

ドラが部屋《へや》をぬけだしたのは、ただノダちゃんに会《あ》いたかったからじゃなくて、こんなふうにノダちゃんとわたしを会《あ》わせてくれようとしたんじゃないかな。

「そうだ。うちまでちょっと遠《とお》まわりをして、ドラのさんぽをしようよ。大さわぎにならないように、なるべくめだたない道《みち》をえらんで」

「いくのだいくのだ！　ドラのはじめてのさんぽなのだ！」

ドラが二本のつるをのばして、わたしとノダちゃんの手首《てくび》にまきつけます。それからわたしたちはなかよくならんで、ドラのさんぽをはじめました。

まほうの花がひらくとき

ほんのりあまくてさわやかなにおいが、わたしの鼻《はな》をくすぐりました。

ほそい葉《は》っぱがさわさわとほおにさわって、わたしがぱちりと目をあけると、すぐそばにドラの顔《かお》がありました。わたしは横《よこ》になったまま、「おはよう、ドラ」とドラの頭《あたま》をなでます。

ドラは「わっふ！」とこたえると、ベッドからつくえ、つくえからまどべにとびうつって、植木《うえき》ばちにもどります。ドラはとてもかしこいので、植木《うえき》ばちをはなれるときは、となりにおいた布《ぬの》でどろのついたところをきちんとふいてくれます。おかげで部屋《へや》がよごれることもありません。

ベッドからおきてカーテンをあけると、わたしはドラにトマトジュースをあげました。自由《じゆう》にうごけるようになっても、ドラは植木《うえき》ばちにすわって水をのみます。土にのばしたねっこから

トマトジュースをすいあげて、ドラがうっとりした顔《かお》をします。最初《さいしょ》のころとくらべると、ドラはずいぶん成長《せいちょう》して、いまでは小さめの犬とかわらないくらいのサイズになりました。

「そろそろまた植木《うえき》ばちをかえなくちゃね」

わたしのうきうきした声《こえ》に、ドラが「わっふわっふ！」と元気《げんき》になきました。もっともっと大きくなるよ、といっているようでした。

きょうは土曜日《どようび》で学校はおやすみです。朝《あさ》ごはんを食《た》べおわるとすぐに、ノダちゃんがやってきて、「サキちゃん、さっそくでかけるのだ！」とわたしをせかしました。わたしがいつも学校にいっているあいだ、ノダちゃんがドラとあそんでいる場所《ばしょ》につれていってもらうやくそくをしていたのです。

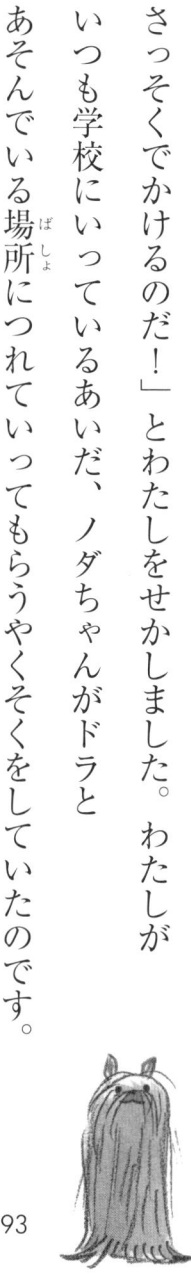

うたうようになきながらあるくドラを先頭《せんとう》に、うら道《みち》をぐねぐねすすんでいくと、ひとけのない林にたどりつきました。

その林のまんなかにぽっかりとあいた原《はら》っぱが、ドラのおきにいりのあそび場《ば》なのだそうです。

「サキちゃんはドラとなにをしてあそびたいのだ？」

「えっ？　う～ん、ドラはなにをしたいのかな」

「ドラはおにごっこがすきなのだ。サキちゃんがいいなら、まずはおにごっこをしてあそぶのだ！」

そうしようそうしようというように、足もとでドラがとびはねます。

わたしがうなずくと、ノダちゃんはコウモリガサにむかって、

「コウモリたちもあそぶのだ！」と声《こえ》をかけました。黒《くろ》い布《ぬの》がたちまちコウモリにかわり、キィキィとやる気にあふれたなき声《ごえ》をあげます。

「最初《さいしょ》のおにはドラがするのだ。いつもどおり、コウモリたちはドラがとどかない高《たか》さまでにげてはいけないのだ」

それではスタートなのだっ、という声《こえ》を合図《あいず》に、ノダちゃんとコウモリたちがいっせいにドラからにげだします。

「いきなり⁉」とわたしがとまどっていると、ドラがのばしたつるでわたしの足にタッチして、いちもくさんにかけていきました。

ノダちゃんやコウモリたちにもまけないスピードです。

「あっ、いまのはズルいよ！　ちょっとドラ、まちなさい！」

たのしそうにはねながらにげていくドラを、わたしは全速力《ぜんそくりょく》でおいかけました。

おにごっこのあとにかくれんぼをして

ボールあそびをして、くたくたになって家《いえ》に帰《かえ》ると、お父《とう》さんの車もちょうど配達《はいたつ》からもどってきました。

「おっ、ぴったりのタイミングだったな。きょうもまたいいものをしいれてきたぞ〜」

お父《とう》さんがそんなことをいうので、またわたしをおどろかせようとしてるんじゃないかな、とみがまえてしまいましたが、きょうはちがいました。お父《とう》さんが車からおろしたのは、音楽室《おんがくしつ》で見たことのある楽器《がっき》でした。

「ひらたいピアノなのだ！」

「キーボードってやつだ。これひとつでいろんな楽器《がっき》の音がだせるんだぞ。しりあいが、いらないのがあるっていうんでな。ドラがよろこぶかと思《おも》ってもらってきたんだ」

お父《とう》さんからうけとった大きなキーボードを、ふたりがかりでわたしの部屋《へや》にはこぶと、さっそくいろいろな楽器《がっき》の音をならしてみました。

「このボタンはピアノの音なのだ。こっちの音はギターなのだ？　これはなんだかへんてこな音なのだ！」

ノダちゃんがつぎつぎに音をかえてあそんでいると、となりにすわったドラもキーボードにつるをのばしました。「ドラもひいてみるのだ？」とノダちゃんはたずねますが、それはさすがに無理《むり》じゃないかな……。

そう思《おも》っていたら、なんとドラはつるでけんばんをおして、ききおぼえのあるメロディをひきはじめました。いつもノダちゃんがうたっている、『ドラ、大きくなれ』の歌《うた》です。

「すごいのだ！　楽器《がっき》がひけるなんて、ドラは天才《てんさい》なのだ！」

ノダちゃんにほめられて、ドラがとくいそうに「わっふん」となきます。

「大きくなれなれもっとなれ〜。トマトですくすくそだつのだ〜」
ドラのえんそうにあわせて、ノダちゃんがうたいだします。
するとようすを見にきたお父《とう》さんも、その歌《うた》にくわわりました。
「大きくなれなれもっとなれ〜。トマトですくすくそだつのだ〜」
サキちゃんもうたうのだ、とさそわれたけど、わたしは
やっぱりちょっとはずかしいので、歌《うた》のかわりに
カスタネットでリズムをとることにしました。
それからしばらく歌《うた》とえんそうをつづけたあとで、わたしは
ふいに気がつきました。たのしそうに体《からだ》をゆらしている
ドラの頭《あたま》に、なにかがぴょこん、ととびだしていたのです。
「ノダちゃん、見て！　ドラの頭《あたま》にあるの、花のつぼみじゃない⁉」
「ほんとなのだ！　耳がつぼみにかわってるのだ！」

そういえば、図鑑《ずかん》で見たワンドラゴラも、頭《あたま》につぼみがついていました。このつぼみがひらいて花がさくのでしょうか。

そのときがたのしみでしかたなくて、わたしは期待《きたい》にむねをふくらませながら、まだ緑色《みどりいろ》のつぼみを見つめました。


ところが、ドラの頭《あたま》のつぼみは、いくらまってもかたくとじたままでした。

「いつになったら花がさくのだ？」

ノダちゃんがドラの顔《かお》をのぞきこんでといかけますが、ドラは首《くび》をかしげるだけです。

わたしとノダちゃんは、ワンドラゴラについてわかったことがないか、司書子《ししょこ》ちゃんにききにいってみることにしました。ドラは図書館《としょかん》にははいれないので、うちでお留守番《るすばん》です。

図書館《としょかん》のおくのひみつの司書室《ししょしつ》をたずねると、司書子《ししょこ》ちゃんが気まずそうにいいました。

「こんなにまってもらっているのにすみません。ワンドラゴラのそだてかたが書《か》いてある本は、まだ見つからないんです。まほうの本のしらべものは、せんぱいにてつだってもらわないとできないので、時間《じかん》がかかってしまって……」

「気にすることないのだ。司書子《ししょこ》ちゃんにはたくさんしらべてもらってかんしゃしてるのだ」

ノダちゃんの言葉《ことば》に、わたしもうんうんと

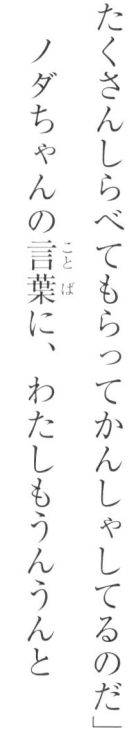

つよくうなずくと、司書子《ししょこ》ちゃんはほっとしたような顔《かお》になりました。

「そうそう、そだてかたの本ではないのですが、ワンドラゴラの絵《え》がのっている本は見つけたんですよ。ほら、これを見てください」

司書子《ししょこ》ちゃんがテーブルにおいてあった本をひらきました。

そこにのっていたのは、大きな青い満月《まんげつ》がかがやく夜《よる》の野原《のはら》にあつまった、たくさんのワンドラゴラたちの絵《え》。それを見たノダちゃんが、「ドラのなかまがいっぱいなのだ！」とよろこびます。

「この場所《ばしょ》がどこなのかは書《か》いていないんですけど、もしかするとワンドラゴラは、こんなふうにひろびろとした野原《のはら》で、おおぜいのむれをつくってくらしている生きものなのかもしれませんね」

そのあと、わたしたちは司書子《ししょこ》ちゃんにえらんでもらった、ドラがよろこびそうな絵本《えほん》をかりて図書館《としょかん》をでました。

「おもしろいお話《はなし》を読《よ》んであげたら、ドラさんの花もきっとさくはずです！」と司書子《ししょこ》ちゃんが自信《じしん》たっぷりにいうからです。

図書館《としょかん》からの帰《かえ》り道《みち》、わたしたちは花屋《はなや》のお姉《ねえ》さんにもそうだんをしてみることにしました。

「そう、まだ花がさかないのね。つぼみがひらくまで時間《じかん》がかかる花もあるから、あせらなくてもいいとは思《おも》うんだけど、ただ、ただ……」

お姉《ねえ》さんが顔《かお》をくもらせました。「ただ、なんですか？」と不安《ふあん》になってたずねると、お姉《ねえ》さんはためらいがちにつづけました。

「たとえばね、あつい国《くに》でさく花を、さむいところでそだてようとすると、うまくそだたなかったり、つぼみがついても花がさかないこともあるの。ドラちゃんも、このあたりで見かける植物《しょくぶつ》じゃないでしょう。もともとはえている場所《ばしょ》と、気温《きおん》とか日あたりとか、いろいろなものがち

がうせいで、花がさかないいんじゃないかと思《おも》って

「花がさかないとどうなるのだ？」

ノダちゃんがおそるおそるしつもんしました。

「それは、そのまましおれてしまったりとか……」

わたしの頭《あたま》に、茶色《ちゃいろ》くしおれてうごかなくなったドラのすがたが思《おも》いうかびました。ノダちゃんもおなじようなことを考《かんが》えたのか、顔《かお》が青《あお》ざめています。

「だ、だいじょうぶよ。まださかないときまったわけじゃないんだから。もうしばらくようすを見てみましょう」

お姉《ねえ》さんがあわてて声《こえ》を明《あか》るくしました。

けれど、頭《あたま》にうかんだおそろしい想像《そうぞう》は、家《いえ》に帰《かえ》ったあとも消《き》えることはありませんでした。

それからまた何日《なんにち》かたった、放課後《ほうかご》のことでした。

わたしが学校から帰《かえ》ってくると、ノダちゃんがドラにトマトをあげているところでした。

「ドラ、いらないのだ？　おなかのぐあいでもわるいのだ？」

ノダちゃんがすすめても、ドラはトマトにつるをのばそうとはしません。大こうぶつのトマトをぜんぜん食《た》べないなんてこと、これまでなかったのに。

元気《げんき》がなさそうには見えないけど、なんだかとても心配《しんぱい》です。

気になってドラのことを観察《かんさつ》していたわたしは、ドラのしっぽを見てはっとしました。しっぽのさきの色《いろ》が、黄色《きいろ》っぽくかわっていたのです。

「ねえ、ドラのしっぽのここ、しおれかけてない？」

ノダちゃんもしっぽを見て、「ほんとなのだ！」と

声《こえ》をあげます。花がさかないましおれてしまうこともある。

花屋《はなや》のお姉《ねえ》さんにきいた話《はなし》が、すぐに頭《あたま》にうかびました。

わたしとノダちゃんはドラをつれて、お店《みせ》にいるお父《とう》さんとお母《かあ》さんのところにとんでいきました。わたしたちの話《はなし》をきくと、お父《とう》さんはドラのしっぽの色《いろ》を見て、「こいつはたしかに気になるな」とつぶやきました。お父《とう》さんにしてはめずらしく、とてもしんけんな顔《かお》をしています。

「だけど、じゅういさんにみてもらうわけにもいかないでしょう。いったいどうしたらいいのか……」

お母《かあ》さんも心配《しんぱい》そうにドラのようすをたしかめています。

「花屋《はなや》のお姉《ねえ》さんは、ワンドラゴラがもともとはえている場所《ばしょ》とは、気温《きおん》とかいろいろなものがちがうせいで、花がひらかないのかもしれない、っていってたんだけど……」

「なるほどな。つまりもともとはえてた場所《ばしょ》につれていけば、ドラの花もさくかもしれないってことか。それじゃあためしにいってみるか」

「えっ⁉　お父《とう》さん、ワンドラゴラがどこにはえてるかしってるの⁉」

お父《とう》さんが、「それはしらん」ときっぱりこたえるので、わたしはがくっ、とかたを落《お》としてしまいました。

けれどそれからお父《とう》さんは、まじめな声《こえ》でつづけます。

「だが、ドラの球根《きゅうこん》は、たまねぎの箱《はこ》にまぎれこんでいただろう。だからあのたまねぎがとれた場所《ばしょ》の近《ちか》くに、ドラのふるさとがあるんじゃないかと思《おも》ってな」

「なるほど、たしかにそうなのだ！　それではさっそく、その場所《ばしょ》にいってみるのだ！」

ノダちゃんといっしょに、わたしも

すぐに出発《しゅっぱつ》するつもりになっていたら、
お父《とう》さんが「まてまて」とわたしたちをなだめました。
「ここからけっこう遠《とお》いからな。車でいっても、
いまからだとつくのは夜《よる》になっちまう。
あした、早い時間《じかん》に出発《しゅっぱつ》することにしよう」
「わかったのだ。サキちゃんのお父《とう》さん、
ありがとうなのだ！」
「なに、お父《とう》さんもドラのことは
心配《しんぱい》だからな。それくらいお安《やす》いごぼうだ」
「ごぼうが安いのだ？」
ノダちゃんがごぼうをさがして
お店《みせ》のなかをきょろきょろ見まわします。

「おっと、まちがえた。ごぼうじゃなくてご用《よう》だったな。ご用《よう》だご用《よう》だ！」

「ご用《よう》ご用《よう》なのだ！　ご用《よう》ってなんなのだ？」

お父《とう》さんとノダちゃんにつられて、ドラまではしゃぎはじめます。

そんなドラのすがたを見つめながら、わたしは心《こころ》のなかでつよくねがいました。あしたつれていってもらう場所《ばしょ》で、どうかドラの花がさきますように。


「ドラ、見るのだ！　冬《ふゆ》じゃないのに山のてっぺんに雪《ゆき》がつもってるのだ！　あっ、あそこにへんてこな人形《にんぎょう》があったのだ！」

となりにすわったノダちゃんが、車のまどに顔《かお》をくっつけるように

してさわぐと、ドラも「わっふわっふ！」とにぎやかに返事《へんじ》をします。
お父《とう》さんの車で家《いえ》を出発《しゅっぱつ》してから、そろそろ二時間《じかん》がたちます。
お店《みせ》をあけなくちゃいけないから、お母《かあ》さんはいっしょにくることはできませんでした。

ノダちゃんは車にのったことがあまりないらしくて、出発《しゅっぱつ》からずっとはしゃぎっぱなしです。わたしはぎゃくにちょっと車によってしまって、へろへろな声《こえ》でお父《とう》さんにたずねました。

「お父《とう》さん、まだつかない？」

「もうそろそろだ。ほら、そこの畑《はたけ》もあっちの畑《はたけ》も、ぜんぶたまねぎ畑《ばたけ》だぞ」

まどから見えるのは、ひろびろとした畑《はたけ》と山ばかりです。
わたしがすんでいる街《まち》の風景《ふうけい》とはぜんぜんちがうけど、

図書館《としょかん》で見た絵《え》の景色《けしき》とも、なんとなくふんいきがちがうような気もします。ほんとうにこのあたりに、ドラのふるさとがあるのでしょうか。

それからすこしして、お父《とう》さんは山のふもとの駐車場《ちゅうしゃじょう》に車をとめました。車をおりて大きくのびをすると、すずしい風《かぜ》がとおりすぎます。どこからかきいたことのない、きれいな鳥《とり》のなき声《ごえ》もきこえてきました。

お父《とう》さんが足もとのドラに話《はな》しかけました。

「どうだ、ドラ。なにかなつかしい気分《きぶん》になったりしないか。そうじゃなけりゃ、近《ちか》くになかまがいそうなけはいを感《かん》じたりとか」

ドラはそわそわしたようすで、まわりの景色《けしき》をながめていました。そしてとつぜん「わっふ！」と大きくないたかと思《おも》うと、山のほうにむかってかけだします。もしかしてほんとうに、なかまのいる場所《ばしょ》がわかるのでしょうか。

「よし、おいかけるぞ！　ころばないように気をつけてな！」
お父《とう》さんのあとにつづいて、わたしと
ノダちゃんもあわててドラをおいかけました。
緑《みどり》がおいしげった山のなかを、ドラはまっすぐに
すすんでいきます。緑色《みどりいろ》のドラのすがたは、山の草木と
まざってうっかり見うしなってしまいそうです。
しばらくおいかけつづけていくと、
深《ふか》いしげみのなかに、枝《えだ》がからみあってできた、
小さなトンネルのようなあなが見えました。
ドラはそのトンネルのなかにとびこみます。
トンネルのまえで立ちどまって、ノダちゃんと
うなずきあうと、わたしたちはさらにドラのあとをおいかけました。

トンネルのあなはせまくて、わたしとノダちゃんがよつんばいになってどうにかすすめるくらいです。

「だめだ、体《からだ》がつかえてとおれん。ふたりとも、気をつけてすすむんだぞ！」

うしろできこえたお父《とう》さんの声《こえ》に、ノダちゃんが「わかったのだ〜！」と返事《へんじ》をします。

トンネルは思《おも》ったよりもずっと長《なが》く、すすむうちにどんどん暗《くら》くなって、いまでは完全《かんぜん》にまっくらです。

「なんだかこわくなってきたのだ」とノダちゃんがつぶやきます。わたしもこわいのをかくして、

「だいじょうぶだよ」とノダちゃんをはげましていると、ドラのかんげきしたような声《こえ》が耳にとびこんできました。

「わっふわっふわ〜っ！」

それからすぐに、トンネルの出口が見えてきました。なんとかあなからはいだしたところで、わたしは言葉《ことば》をなくしてしまいました。

トンネルをぬけたさきは、どこまでもつづくようなひろい野原《のはら》でした。山のなかの景色《けしき》にはとても見えません。しかもさっきまでたしかに昼《ひる》だったのに、野原《のはら》の空は夜《よる》の色《いろ》でした。図書館《としょかん》で見た絵《え》にそっくりな、青い夜《よる》の野原《のはら》です。そしてその夜空《よぞら》に、しんじられないほど大きな、金《きん》色《いろ》の満月《まんげつ》がうかんでいました。

「こ、これはどうしたことなのだ？　わがはいたちは、夜《よる》になるくらい長《なが》くトンネルのなかにいたのだ？」

ノダちゃんのおろおろした声《こえ》がきこえます。わたしもわけがわからなくてぽかんとしていると、足もとでドラのなき声《ごえ》がきこえました。

ドラはわたしとノダちゃんのまわりを
ぴょんぴょんとびまわっています。
こんなによろこんでいるのは、きっとこの場所《ばしょ》が
ドラのふるさとだからにちがいありません。
まわりの景色《けしき》をながめていたわたしは、
野原《のはら》のあちこちで小さなかげがうごいていることに
気がついて、「あっ！」と声《こえ》をあげました。
あれはもしかして、野生《やせい》のワンドラゴラでは
ないでしょうか。その数《かず》は二十ぴき、三十ぴき、
いえ、もっとずっとたくさんいます。そのたくさんの
ワンドラゴラたちが、野原《のはら》を走《はし》ったりじゃれあったり、
のんびり夜空《よぞら》を見あげたりしているのでした。

ドラが「わっふ！」とうれしそうにないて、野生《やせい》のワンドラゴラたちのほうに走《はし》っていきました。

「あっ、ドラ、まって！」

わたしはあわててドラをとめようとしました。よそもののドラがいじめられたりしないか不安《ふあん》になったのです。

けれどその心配《しんぱい》はいりませんでした。野生《やせい》のワンドラゴラたちが、しっぽをふってドラのまわりにあつまってきたのです。

そして一ぴきずつじゅんばんに、のばしたつるをドラのつるとからませます。ワンドラゴラどうしのあいさつなのかもしれません。

野生《やせい》のワンドラゴラたちの体《からだ》は、どれもドラの倍《ばい》くらいの大きさでした。ここはべつの場所《ばしょ》でそだったせいで、ドラはあまり大きくなれなかったのでしょうか。

あいさつをおえたドラが、ほかのワンドラゴラたちとあそびはじめました。なかよくおいかけっこをしたり、二ひきのつるをからめたなわで、なわとびをしたりしています。

「ドラ、とってもたのしそうなのだ……」

ノダちゃんがぽつりとつぶやきました。そうだね、とうなずいたあとで、わたしはためらいがちにつづけました。

「もしかするとドラは、なかまのワンドラゴラに会《あ》えなくて、ずっとさびしかったのかもね」

「そんなことないのだ。わがはいたちが

いっしょにいたんだから、さびしかったわけないのだ」

ノダちゃんがすぐにいいかえしてきます。けれどドラのことを見つめるノダちゃんは、ちょっぴり自信《じしん》がなさそうな顔《かお》をしていました。

野生《やせい》のワンドラゴラたちの頭《あたま》にも、花のつぼみがありました。けれど花がさいているワンドラゴラは見あたりません。

この場所《ばしょ》にいれば花がさくってわけじゃないのかな。わたしが首《くび》をかしげていると、ワンドラゴラたちがとつぜんぴたりとうごきをとめました。そしていっせいに空を見あげます。

わたしもいっしょに夜空《よぞら》を見あげると、そこにうかんだ月の色《いろ》が、いつのまにかかわっていました。宝石《ほうせき》のように美《うつく》しい青い色《いろ》に。

ワンドラゴラたちが、その月にむかってほえはじめました。わたしたちがびっくりしていると、ワンドラゴラたちの頭《あたま》のつぼみが、月の色《いろ》ににた青い光《ひかり》につつまれます。ドラのつぼみも光《ひか》っているけど、その光《ひかり》はほかのワンドラゴラにくらべて、よわよわしく見えます。

青い光《ひかり》がろうそくのようにともる野原《のはら》に、たくさんのワンドラゴラのなき声《ごえ》がひびきわたります。するとそのうちに、ワンドラゴラの花のつぼみが、ひとつ、ひとつ、またひとつとひらきだしました。

ワンドラゴラの花の形《かたち》や色《いろ》は、一ぴきずつぜんぜんちがいました。水《みず》

色《いろ》のアサガオのような花もあれば、ピンクのバラのような花もあります。

花がさくたびに、野原《のはら》にともっていた光《ひかり》の数《かず》がへっていきます。けれどドラのつぼみはまだとじたままです。ほかのワンドラゴラとくらべて、大きくそだてなかったせいでしょうか。けんめいに花をさかせようとしているのか、ドラはくるしそうな顔《かお》をしています。

「サキちゃん、なんとかドラの花をさかせることはできないのだ？」

ノダちゃんがそうたずねてきます。

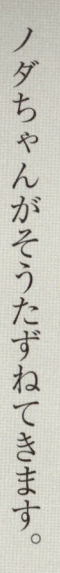

わたしがこまって空を見あげると、大きな青い月が目にはいりました。

ワンドラゴラたちのつぼみが光《ひか》りだしたのは、月があのふしぎな色《いろ》にかわってからです。もしかするとあの光《ひかり》をあびることで、ワンドラゴラの花はひらくのかもしれません。だとしたら……。

「もっと近《ちか》くで月の光《ひかり》をあびたら、ドラの花もひらくかも！」

「それならわがはいたちが、ドラを月の近《ちか》くまでつれていってあげるのだ！」

ノダちゃんが「ドラ、こっちにくるのだ！」と大きな声《こえ》でよぶと、ドラがわたしたちのところにとんできました。ノダちゃんはコウモリガサをひらいてわたしにいいます。

「サキちゃん、わがはい、またドラを落《お》としちゃいそうで心配《しんぱい》なのだ。だからサキちゃんに、ドラをだいていてほしいのだ」

「わかった。わたしにまかせて」
わたしはかた手でしっかりドラをだいて、もうかたほうの手でコウモリガサをつかみました。コウモリたちがはばたきはじめ、わたしの足が地面《じめん》をはなれます。
コウモリガサはどんどん空高《たか》くのぼっていきます。こんなに高《たか》くとぶのははじめてかもしれません。こわいのをがまんしてたしかめると、ドラのつぼみをつつむ光《ひかり》が、さっきよりつよくなったように見えました。つぼみがわずかにふるえて、いまにも花がさきそうです。

けれどしばらくまっていても、
つぼみはふるえるだけでなかなかひらきません。

「ねえ、もうちょっとだけ月に近《ちか》づけない？」

「コウモリたちが、これ以上《いじょう》は無理《むり》っていってるのだ！」

ドラもひっしに花をさかせようとしてつらそうです。

わたしがおろおろそのすがたを見まもっていると、
ノダちゃんが「そうなのだ！」と声《こえ》をあげて、とつぜんうたいだしました。

「花よさけさけ、ぱっとさけ〜！　きれいな花をさかすのだ〜！」

いつもうたっている『ドラ、大きくなれ』の歌《うた》のメロディです。ぽかんとしてしまってから、わたしはすぐに気がつきました。ドラの頭《あたま》につぼみがはえたのも、歌《うた》をうたって楽器《がっき》をひいていたときです。大すきな歌《うた》をきかせたら、ドラの花もさくかもしれない。ノダちゃんはそう考《かんが》え

たのでしょう。

わたしもノダちゃんといっしょに、せいいっぱいの声《こえ》で歌《うた》をうたいました。いまははずかしいなんていっていられません。

「花よさけさけ、ぱっとさけ〜！　きれいな花をさかすのだ〜！」

いっしょうけんめいうたいつづけていると、地上《ちじょう》からもたくさんの歌《うた》声《ごえ》がきこえてきました。野生《やせい》のワンドラゴラたちが、歌《うた》のメロディをまねてないてくれているのです。

「わお――――ん！」

青い満月《まんげつ》にむかって、ドラがめいっぱいの声《こえ》でほえました。それと同《どう》時《じ》に、つぼみをつつむ光《ひかり》がつよくなり、そしてとうとうその花がひらきます。ドラの花は大すきなトマトによくにた、まっかな色《いろ》の花でした。

「やったのだ！　ついにドラの花がさいたのだ！」

「うんっ、やったね！　ドラ、おめでとう！」
「わっふわっふわお～ん！」
ドラがよろこびのなき声《ごえ》をあげて、
わたしにはげしくほおずりをします。
空の上からもどってくると、野生《やせい》の
ワンドラゴラたちが、ドラをおいわいするように、
ぴょんぴょんとびはねていました。わたしがドラを
地面《じめん》におろすと、ドラはすぐになかまたちのところに
かけていって、またなかよくあそびはじめました。
もうちょっとこの場所《ばしょ》で、なかまといっしょにいさせて
あげたいけど、いいかげん帰《かえ》らないとお父《とう》さんが心配《しんぱい》していそうです。
「ドラ、そろそろ帰《かえ》ろう」

ドラがはっとしたようにわたしたちのほうをふりかえりました。そしてしっぽをしょんぼりたらして、こちらにもどってきます。なかまのワンドラゴラたちも、みんなさびしそうにドラのことを見つめていました。

ドラが足もとまでやってきても、わたしはなかなかあるきだせませんでした。どうしたらいいのかまよっていたからです。となりのノダちゃんも、ドラを見てだまっていました。もしかしたらノダちゃんも、わたしとおなじことを考《かんが》えているのかもしれません。

わたしは心《こころ》をきめて、ノダちゃんにいいました。

「ねえ、ノダちゃん、ドラはここでなかまたちとくらすほうがいいんじゃないかな」

ノダちゃんがびくっとしてこちらを見ました。そしてひっしな声《こえ》でいいかえしてきます。

「そんなことないのだ！　ドラはわがはいたちといっしょに帰《かえ》って、これからもわがはいたちといっしょにくらすのだ！」

「だけど、もしかするとこの場所《ばしょ》をはなれたら、せっかくさいた花がしおれちゃうかもしれないよ」

「そんなの帰《かえ》ってみなくちゃわからないのだ。それに、ここにのこったら、ドラは大すきなトマトが食《た》べられなくなってしまうのだ」

「トマトはたしかに残念《ざんねん》だろうけど……」

わたしはそうこたえながら、
野原《のはら》のワンドラゴラのほうに目をやりました。

「でも、ここのワンドラゴラたちのほうが、ドラよりも大きくそだってるでしょう。だからきっとこの場所《ばしょ》には、ワンドラゴラのすきな食《た》べものがあるんだよ」

ノダちゃんが、ぐっ、と言葉《ことば》につまりました。
それからドラをだきあげてといかけます。
「ドラもわがはいたちより、なかまと
いっしょのほうがいいのだ?」
ドラはわたしたちとなかまのワンドラゴラを
かわるがわる見てこまっています。
わたしはそんなドラのせなかを
やさしくなでました。
「これでおわかれってわけじゃないよ。
お父《とう》さんにおねがいして、また会《あ》いにくるから」
ドラが「くぅん」と小さな声《こえ》でなきました。
わたしがつらいのをこらえてドラにわらってみせていると、

しばらくしてノダちゃんがぽつりといいました。

「……しかたがないのだ」

ノダちゃんはポケットにはいっていたトマトをつぎつぎにとりだしてドラのまえにおきました。トマトはぜんぶで十二こもありました。

「たいせつに食《た》べるのだ。つぎに会《あ》いにくるときは、もっとたくさんトマトをもってくるのだ。トマトのなえももってきてここに植《う》えるのだ」

わたしは「それじゃあね」と手をふると、ドラに背《せ》をむけてあるきだしました。ドラのすがたを見たら、やっぱりつれて帰《かえ》りたくなってしまいそうだから、とちゅうでふりかえったりはしませんでした。

トンネルのまえについたところで、ドラが「わっふ」と一声《ひとこえ》なくのがきこえました。思《おも》わずそっちをふりかえると、ドラはわたしとノダちゃんのことを、じっと見つめていました。

「また、すぐに会《あ》いにくるからね！」

ドラにそうやくそくをして、

わたしたちはふしぎな野原《のはら》から帰《かえ》りました。

わたしとノダちゃんがもとの森にもどってくると、トンネルのまえでまっていてくれたお父《とう》さんが、大きなため息《いき》をつきました。

「ああ、よかった。ほんとにぶじでよかった。いつまでも帰《かえ》ってこないから心配《しんぱい》したぞ」

お父《とう》さんの服《ふく》は土でよごれていて、あちこちに葉《は》っぱや小さな枝《えだ》がくっついていました。わたしたちのことが心配《しんぱい》で、トンネルを無理《むり》やりくぐろうとしたのかもしれません。

わたしたちはトンネルのむこうでのできごとを

お父《とう》さんにつたえました。

「そうか、ドラはなかまのところにおいてきたのか。さびしいのをがまんして、ドラのためによくそうすることをきめてやれたな。えらいぞ、ふたりとも」

お父《とう》さんがわたしとノダちゃんの頭《あたま》に、ぽんぽん、とやさしく手をおきました。さびしさとかなしさがわきあがってきて、わたしはなきそうになってしまいます。

「来週《らいしゅう》、またドラに会《あ》いにこよう。ドラがなかまとうまくやれてるか心配《しんぱい》だからな」

「うんっ！　ありがとう、お父《とう》さん！」

「ありがとうなのだ！」

お父《とう》さんはニッ、とわらってみせてから、

じょうだんっぽくいいました。

「来週《らいしゅう》までにがんばってダイエットしたら、お父《とう》さんもそのトンネルをくぐれるようにならないかな」

「ダイエットにはトマトがいいという話《はなし》なのだ。トマトをたくさん食《た》べるのだ」

ノダちゃんがまじめにそんなことをいうので、わたしはなみだがのこった顔《かお》でわらってしまいました。


わたしの部屋《へや》からドラがいなくなって、三日がたちました。

ドラが植《う》わっていた植木《うえき》ばちは、まだ部屋《へや》においたままです。

わたしが空《から》の植木《うえき》ばちをながめて、いまごろドラは
なにをしてるかな、と考《かんが》えていたら、「サキちゃ～ん！」と
ノダちゃんのにぎやかな声《こえ》がきこえてきました。
げんかんにでていってドアをあけると、ノダちゃんの
となりに、まっしろなかみのおばあさんのすがたがありました。
「魔女《まじょ》のおばあさん！　旅行《りょこう》から帰《かえ》ってきたんですね」
「ええ、きのうの夜《よる》に帰《かえ》ってきたばかりなの。
おひさしぶりね、ごきげんよう」
魔女《まじょ》のおばあさんは上品《じょうひん》にほほえみます。
「なんでもわたくしが留守《るす》のあいだに、ワンドラゴラ
をそだてていたのですってね。そだてかたがわからなくて、
とても苦労《くろう》をしたときいたわ。お役《やく》にたてなくてごめんなさい」

そんなことないです、とむねのまえで両手《りょうて》をふると、魔女《まじょ》のおばあさんは感心《かんしん》したようにつづけました。

「ワンドラゴラは、そだてるのがとてもむずかしいのよ。とくべつな場《ば》所《しょ》でそだてないかぎり、めったに大きくなることはないの。それなのにちゃんとそだって花までさいたのは、あなたたちふたりがよほどたいせつにおせわをしてあげたからにちがいないわ。そだててもらったワンドラゴラも、きっとあなたたちにかんしゃしていることでしょう」

それをきいたわたしの頭《あたま》に、ドラをのこして野原《のはら》から帰《かえ》るときのことが思《おも》いうかびました。あのときわたしとノダちゃんにむかってないたドラは、もしかして「ありがとう」といってくれていたのでしょうか。

じわっ、とむねがあつくなって、なみだがこぼれそうになっていると、魔女《まじょ》のおばあさんが声《こえ》を明《あか》るくしていいました。

「そうそう、サキちゃんに旅行《りょこう》のおみやげをもってきたのよ。どうぞ、うけとってくださいな」

わたしはお礼《れい》をいって、魔女《まじょ》のおばあさんがさしだした小さなふくろをうけとりました。

そのなかにはいっていたのは、ふしぎな色《いろ》に光《ひか》る星形《ほしがた》のつぶ。おかしのようにも見えるけど、これはもしかしてなにかの種《たね》でしょうか。

「旅行先《りょこうさき》で手にいれた、とてもめずらしい花の種《たね》なの。どんな花がさくのかは、そだててみてのおたのしみね」

魔女《まじょ》のおばあさんがいたずらっぽくウインクをしてみせます。

わたしが星形《ほしがた》の種《たね》を見つめてわくわくしていると、ノダちゃんがはずんだ声《こえ》でいいました。

「サキちゃん、さっそくその種《たね》を植《う》えてみるのだ。そのあいだに

わがはいは、また超《ちょう》こうきゅうトマトジュースをとってくるのだ」

コウモリガサでとんでいこうとするノダちゃんを、わたしは「まって」ととめました。

「こんどは超《ちょう》こうきゅうトマトジュースをつかわないで、ゆっくりそだてよう」

ノダちゃんはきょとんとしていたけど、すぐに

「それもいいかもしれないのだ」とにっこりわらいました。

魔女《まじょ》のおばあさんを見おくると、わたしたちはドラの植木《うえき》ばちを庭《にわ》にもってきて、おみやげの種《たね》をたいせつに植《う》えはじめました。

作者　如月かずさ（きさらぎかずさ）

1983年、群馬県桐生市生まれ。『サナギの見る夢』（講談社）で第49回講談社児童文学新人賞佳作、『ミステリアス・セブンス―封印の七不思議』（岩崎書店）で第7回ジュニア冒険小説大賞、『カエルの歌姫』（講談社）で第45回日本児童文学者協会新人賞を受賞。作品に『給食アンサンブル』（光村図書出版）、『ミッチの道ばたコレクション セミクジラのぬけがら』（偕成社）、『まほうのアブラカタブレット』（PHP研究所）、『ふたりはとっても本がすき!』『ほんとにともだち?』（小峰書店）などがある。

画家　はたこうしろう

1963年、兵庫県西宮市生まれ。絵本作家、イラストレーター。ブックデザインも数多く手がける。絵本に『なつのいちにち』（偕成社）、『むしとりに いこうよ!』『おちば』（ほるぷ出版）、『二平方メートルの世界で』（小学館）、『ぼくとがっこう』（アリス館）、『ゆきのこえ』（講談社）など。さし絵に「めいたんていサムくんシリーズ」（童心社）、『あした あさって しあさって』『うそつきの天才』「パーシーシリーズ」「おばけとなかよしシリーズ」（小峰書店）などがある。

なのだのノダちゃん
ワンドラゴラといっしょ

2025年 3月15日　第1刷発行

作者…如月かずさ
画家…はたこうしろう
ブックデザイン…タカハシデザイン室
発行者…小峰広一郎
発行所…株式会社　小峰書店　〒162-0066 東京都新宿区市谷台町4-15
TEL 03-3357-3521　FAX 03-3357-1027　https://www.komineshoten.co.jp/
組版・印刷…株式会社　精興社
製本…株式会社　松岳社

ISBN978-4-338-29507-9　NDC913　135P　21㎝